泣いて、走って、向き合って。

本間《ほんま》太希《たいき》

25歳の春、僕は糖尿病になった。
インスリン注射しながら
自転車で日本一周

スール

はじめに

「これから毎日、インスリン注射を打ってください」

一瞬、頭が真っ白になった。


25歳のときに、突然、1型糖尿病という病気にかかった。

それまで、特に病気はしたことがない。

ずっと元気に過ごしていた。


子どものときから、何にでも興味を示して、とりあえずやってみる子だった。

やってみると、すぐに器用にこなし、ある程度うまくできた。

小学生のときは野球、中学生になってからはソフトテニス、高校生のときは仲間とバンド。どこでも仲間はできて、毎日楽しかった。

けれども、忍耐力というか、努力するという才能はなかった。

だんだんみんなに追い越されて、それがおもしろくなかった。

だから、中学に入ってから他のスポーツを選んだし、高校では音楽に分野を変えてみた。


大学の後半から、飲食の仕事に関わるようになり、ビジネスに興味を持った。

調理や接客だけでなく、デザインや新たな店の立ち上げも任されたりして、おもしろかった。

自分のなかで、これでやっていきたいというものが見つかり、将来はこの方向に進んでいくのかなと思い始めていた。


そんなときだった、この病気にかかったのは。

これまでの僕の経験からは解決策がまったく見えない状態に陥った。

一生治らないと知り、どん底に落とされた。

体調が安定せずに、精神的にも不安定になった。

近況を投稿したSNSがバズって喜んだり、炎上してまた落ち込んだり。


僕のSNSを見て元気をもらった、という子どもと知り合って、この病気になったからこそ何かできることがあるんじゃないかと、自転車での日本一周を考えついた。


思い立ったら実行に移す行動力や爆発力は子どものころから持っている。

それでも、この病気を抱えたままで遂行できるのかと心配になり、しばらくはSNSから逃げていた時期もある。

一度、走り出したら、持続力のない僕でも途中でやめることはできなかった。

最後まで走り抜けた。

日本一周のなかで、多くの人々との出会いがあった。
自転車をこぎながら、一人で考える時間も多かった。
自分という人間を見つめ直すことができた。
この経験から、次の道が見えてきた。
病気になったおかげで、自分の人生は大きく変わった。
病気になったおかげで、僕という人間をしっかり見つめることができた。
病気になってよかった、という言い方は変かもしれないが、今はそうリアルに
思える自分がいる。

本間太希

目次

chapter 2

人生をリスタートする ― 退院後

chapter 3

病気の自分にできるのか ― 自転車で日本一周

chapter 4

人のために何かを ― 次の目標に向かって

11
9時から
K's Gallery

Chapter 1

はじまりは突然だった
―発病から入院

1　いったい何が起こった？

2022年3月1日、僕は救急車で運ばれた。
急に動悸と息切れが激しくなり、次第に立っていられなくなった。
力が抜けて、へたり込むようにして、地面にしゃがんだ。
動悸はさらに大きくなり、呼吸は浅くて速くなる。
「死ぬ」「死ぬ」「死ぬ」
何度も口走った。
本当に死ぬと思った。
近くに居合わせた人が駆け寄ってきて、救急車を呼んでくれた。

それまで健康で風邪もほとんど引いたこともない、病気とは無縁の人生だった。

いや、人生なんて言えるほど生きていない、25歳のときだった。


その年の2月後半は、不調が続いていた。

2月18日（金）

体がだるくて、3回吐いた。コロナか？と心配したが、熱はない。

吐くなんて、何か胃に悪いものでも食べたかな。

そういえば、2日前に食べた焼肉が、少し生焼けだったかも。

胃腸炎に違いないと自己診断した。

水分を摂ろうにも、水を飲んでも戻してしまい、この日は飲み食いせずに胃を休ませた。ゼリータイプのエネルギー飲料「ｉｎゼリー」だけは、流し込むことができた。

2月19日（土）

熱も吐き気も治まった。

体調もいいようだったので、仕事へ向かった。

ところが、5分歩いたところで、動悸と息切れが始まった。

どうも胃腸炎ではなさそうだ。

さすがに病院に行ったほうがいいと思い、土曜だったので急患診療センターへ行った。

新型コロナウイルスの抗原検査は陰性。

その他、インフルエンザ検査、鼻腔検査、末梢血液検査（赤血球や白血球など血球の検査）をした。脱水症状を起こしていたため、点滴をしてもらい、吐き気止めと、風邪かもしれないと薬をもらった。

脱水が怖いので、経口補水液OS1とポカリスエットを買い込み、1日に2リットルくらいは飲んでいたと思う。

次の日は、ベッドから起き上がることができなかった。

2月21日（月）

コロナ受診センターへ電話して、内科を紹介してもらった。

そこでも、まずpCR検査。

吐き気だけでなく、動悸や息切れの症状を訴えたが、他の検査はなく、吐き気止めと胃薬をもらっただけ。

夜になると少し食欲が戻り、お粥を食べることができた。

翌日には普通のごはんも食べられた。

少し体調が戻ってきた感じがある。経口補水液は相変わらず2リットルほど飲んでいた。

pCR検査は陰性と、後日連絡があった。

2月23日（水）

体調はだいぶ回復し、仕事に復帰。ジムで運動もできた。

動悸は治まったが、息切れは少し残っている。

この6日間で体重が5kg減った。嘔吐し、食事もあまり摂れなかったせいだろう。

2月25日（金）

体調は悪くはなかったが、なぜか喉が異常に渇き、頻繁に水を飲む。夜、喉の渇きなのか、すぐ目を覚まし、あまり眠れない。

次の日からは、さらに喉というより口の渇きがひどくなる。

2月27日（日）

口の渇きだけでなく、喉の腫れ、そして舌の痺れが出てきた。

口内が乾燥し、喉の腫れもあって、唾を飲み込むのも痛い。舌は白い膜のようなもので覆われた。乾燥で砂漠みたいにひび割れているようだった。

動悸と息切れもまた出てきて、先週土曜日に行った急患診療センターを再受診。

また、コロナの抗原検査から始まる。

「抗原検査は陰性でしたが、喉の腫れはコロナの症状でもあるので、休日明けにもう一度、ｐＣＲ検査を受けてください」

そんな医師の説明に納得できず、尋常ではない喉の痛みを必死に訴えるが、とりあえずｐＣＲ検査の結果が出るまで様子をみましょうと、感染症の治療薬と吐き気止めを処方され帰宅。

結局、喉の痛みが引くことはなかった。常に水を飲みたくなるが、痛みで飲むのもつらい。雑炊やゼリーを何とか流し込んで寝たが、喉の痛みで何度も目が覚めた。

加湿器を付けても、濡れマスクをしてみても、のど飴をなめても、効果なし。

何なんだ、この喉の痛みは。

3月1日（火）

先週の月曜日に行った内科に再び行く。

やはり、まずはpCR検査から。

しかし、喉の痛み、口の渇き、動悸や息切れが1週間以上も続き、しかもさらにひどくなっていることを強く訴えたところ、血液検査をすることになった。

結果は後日ということで、その日は終わり。

喉の痛みには耳鼻科を紹介され、その足で向かう。歩いて10分ほどの距離だったが、少し歩くのもつらく、タクシーに乗っていく。

耳鼻科には内科からの紹介状があったからか、検査や診察がなく、すぐに点滴となった。抗生物質やステロイド、および水分電解質の補給ということだった。

2時間ほどの点滴で横になっていたせいか、少し体調が持ち直した気がして、耳鼻科を後にした。

ところが、歩いていたらすぐに動悸と息切れが始まり、だんだん強くなってきて、立っていられなくなった。

足に力が入らず、へたり込むようにして、地面にしゃがんだ。

動悸はさらに大きくなり、呼吸はハッハッハッと浅く速くなり、苦しい。これが過呼吸というものなのか。とにかく、自分で呼吸を制御できない。

「死ぬ」「死ぬ」と何度も口走ったらしい。

実際、本当に死ぬと思っていた。

近くに居合わせた人が駆け寄ってきて、救急車を呼んでくれた。


これが、それまで健康そのものだった僕が、半月の間に調子がどんどん悪くなり、道端で倒れ、救急車で運ばれるに至った顛末だ。

いったい何の病気なのか。コロナではないだろう。あれだけ検査してすべて陰性だったのだ。胃腸炎が重症化したのか。喉の風邪のひどいヤツか？

自分の体に、いったい何が起きていたのか。

全くわからなかった。

2　朦朧とした意識のなかで

救急車は10分ほどでやってきたらしい。

「深くゆっくり呼吸をしてください」

救急隊員にそう言われても、自分で呼吸をコントロールできなかった。息ができなかったことだけ、覚えている。

他のことは意識の外だった。

コロナ禍のため、受け入れ先の病院がなかなか見つからず、30分ほど救急車はその場で待機していたそうだ。

ようやく病院が見つかり、走り出した。救急車のなかで、呼吸はしだいに落ち着いてきて、それとともに、心も落ち着きを取り戻してきた。

病院に着いてからは、点滴を入れつつ、CT検査や採血を行った。

結果を待っている間、喉の痛みを和らげるために飲んだポカリスエットが原因で、また動悸が激しくなり、呼吸も速くなって、救急車を呼んだときと同じ症状になった。

検査結果が出て、緊急対応できる大学病院へ移動すると言われた。

何が起きているのかわからず、朦朧とした意識のなかで、僕はベッドに横たわるだけだった。

大学病院に着くころには、呼吸はだいぶ落ち着いていた。

母も呼ばれて、ちょうど病院に着いたところだった。

一人住まいしていた僕は、同じ市内に住んでいるとはいえ、コロナ禍で、ずっと母に会っていなかった。

久しぶりの再会が病院で、母には心配をかけたと思う。

トイレに行きたいと医師に告げると、

「尿道にカテーテルを挿すから、ベッドに寝たままでしてください」と言われた。今すぐトイレに行かせてほしい、膀胱がひっ迫していると伝えると、厳しい言葉が返ってきた。

「言うこと聞いてくれないと、本当に死ぬよ」

え？　そんなにヤバいことが起きてるのか？

胃腸炎の延長じゃなかったのか。

とりあえず、医師の言葉に従い、おとなしくするが、緊急手術というわけでもない。点滴のような管が2本、腕にさされ、酸素濃度を測るためのパルスオキシメーターを人差し指にはめられ、ＩＣＵ（集中治療室）に連れていかれた。

ＩＣＵには3日間入っていた。この72時間についてあまり記憶はないが、とても危険な状態だったと後に聞く。

3日後、ＨＣＵ（高度治療室）に移動した。ＨＣＵとは、ＩＣＵと一般病棟の中間的な役割を担う病棟らしい。ここで5日間程治療を受ける。このとき、倒れた原因は「糖尿病性ケトアシドーシス」という合併症であることを知らされた。

合併症ということは、僕は糖尿病になったのだろうか。病名については、入院して2週間後に、親とともに説明を受けることになっていたので、はっきりとは教えてくれない。

一般病棟に移ってから、糖尿病がどんな病気か、ベッドの上でスマホを使って調べてみた。どうやら糖尿病は、「1型」と「2型」に大きく分けられるらしい。糖尿病というのは耳にしたことがあるが、「1型」「2型」とは何だろう。

「低血糖」「高血糖」とかも、よく出てくる。これまでの自分にはまったくなじみのない言葉だ。

「注射しなくてはいけない」とも出てきた。「一生、注射し続ける」とある。「一生注射」っていうのは、まあ今はそうかもしれないが、だんだん良くなっていけば、注射の回数が減って、そのうち打たなくてよくなるだろうと、いいように解釈していた。

そのときにはもう動悸も起きなかったし、喉の痛みも取れて、出された食事はおいしく食べることができていた。

量が少ないなとは思っていたが、これは病院だからであって、自分の状態は快方に向かうだけだと思っていた。よくわかっていなかった。

そのうち、病院食だけではお腹が空いてたまらないから、売店で何か買ってきたいと思うようになった。

一応、聞いておくかと、医師に聞いてみた。

「食べられないものは何かありますか?」

「今の状態ではなんとも言えないので。もう少し待ってください」

医師はやはりはっきり言ってくれない。

きちんと診断名を告げてから、病気について注意すべきことを伝えるつもりだったようだ。

僕は自分にいいように考えて、気をつけるべき食べ物があれば医師が早めに言うはずだから、まあ大したことないだろうと楽観視していた。

3「あなたは1型糖尿病です」

診断結果については、母と聞くことになっていた。

僕が入院した日に母は来てくれたが、その日はほとんど話せていない。コロナ禍による面会禁止で、その後も会っていなかった。

一人暮らしをしていて、自分のことは自分でするという親の教育方針（というか、七人兄弟なので、そんなに目をかけられない）もあって、コロナ禍もずっと会っていなかった。

その母と隣に並んで、医師の話を聞いた。

医師が言った。

「検査の結果、本間太希さん、あなたは1型糖尿病です」


自分で想像していなかったくらいの大きな衝撃を受けた。

頬っぺたをバチーンと引っ叩かれたくらい。

いや、もっとか。

とにかく、すごい衝撃だった。

なんとなくそうかもしれないとは言われていたが、断言されると、もう逃げ場がない感じだった。

言葉が出てこない。

あれを聞こう、これを聞こうと質問をいろいろ用意していたはずなのに。

何も言葉が出てこなくて、頭は真っ白だった。これまで楽観視していたのに。

何も考えられなかった。


医師の言葉は続いた。

「あなたは今後、1日に最低4回、注射をしなくてはいけません。退院してから自分で注射を打つ必要があるので、これから入院中に練習することになります。退院日は経過を見て、今後決めていきます。質問はありますか？」

そう言われても、質問が何も出てこない。

つぐんだ口を開いたら、涙が出てきそうだった。

隣にいる母親が代わりに聞いてくれた。

「その注射というのは、本数が減ることはあるんですか？　経過が良ければ、飲み薬に変わるということはありますか？」

「減ることはありません。飲み薬にも変わりません」

「いつまで、その注射をすればいいんですか？」

「今のところ、ずっと注射をしていくしかありません」

ずっと……。

さらにショックを受けた。

「病気にかかった原因とかは何かあるんですか」

「原因は不明です。自己免疫疾患といって、何らかの要因で自分を攻撃してしまい、インスリンが出なくなってしまう病気です。原因は今のところわかっていませんし、治る病気ではないんです」


原因不明……。

一生治らない……。

死ぬまで、注射を打ち続ける……。

何も言えないまま、「はい、わかりました」とその部屋を後にした。

久しぶりに母親に会ったのに、何も言わないまま別れた。

僕は病室のベッドに戻った。

ベッドの上で、足を抱えて座った。

涙が出てきた。

これまで、健康で、大きな病気にかかったことはない。

自分は、器用貧乏と言われるくらい、何でもすぐにできるタイプで、運動神経がよくて、コミュニケーション力もあって、友達もたくさんいて、家族にも恵まれていた。

その自分がまさか、という感じだった。

自分の理解を超える悲しみって存在するのか。

静かに泣いた。

25歳の僕にまだこんなに涙が残ってたんだと少し驚くほど、涙は止まらなかった。

4　糖尿病性ケトアシドーシスの恐怖

1型糖尿病という病名が確定し、真剣に調べてみた。以前のように、自分に都合よく理解するのではなく、しっかりと受け止めるために。

一番重要と思われる「インスリン」の意味が、わかりそうでわかりにくい。いろいろなサイトを総合して、こう理解した。

人間のエネルギーの元となる炭水化物は、食事によって体内に入り、消化吸収され、ブドウ糖という形で血液中に存在する。血液中のブドウ糖の濃度を血糖値という。

血糖値が高くなると、膵臓からインスリンというホルモンが分泌され、血液中のブドウ糖をエネルギー源として細胞に取り込む。血糖値が上がりすぎないように、常にインスリンが自動でコントロールしてくれているのだ。

僕の場合は、そのインスリンが分泌されない病気になったので、ブドウ糖がエネルギーとして体に取り込まれず、血糖値がとても高くなっていた。

血糖値が高くなると、

・喉が渇き、水をよく飲むようになる
・トイレの回数が増える
・疲れやすくなる
・体重が減少する

などの症状が現れる。

たしかに、喉が異常に乾いていつも水を飲んでいたし、体重も10kg減った。

また、糖尿病の急性合併症として、「糖尿病性ケトアシドーシス」がある。

症状として、高血糖に加え、吐き気、嘔吐、腹痛がある。まさに僕の症状だ。血液中にブドウ糖が多く存在するのに、インスリンが出ないために、エネルギーに変換されず、血糖値は高いまま。しかし、生きていくためにはエネルギーが必要で、体に蓄えられていた脂肪を分解し、ケトン体という物質を生産する。それによって、血液が酸性になった状態をケトアシドーシスという。この状態が進行すると、昏睡状態になり、死に至る危険性もある。

僕の意識が朦朧として、救急車を呼んでもらったときは、まさにこの「糖尿病性ケトアシドーシス」だった。

病院に運び込まれたときの血糖値は、600㎎／㎗。600というのは非常に高い数値なのだった。

5　病気を受け入れられない自分にイラ立つ

入院してから、看護師さんが6時間おきに血糖値をチェックし、必要なインスリンを点滴で入れていたようだ。

腕にずっと点滴のラインがあるのは邪魔だったが、自分が何かする必要はなかった。

しかし、病名説明のあとは、退院に向けて、食事前に自分で血糖値を測り、自分で注射をすることになった。

注射は腹の周りに打つようにと教わった。

最初は自分に針を刺すことが怖かったが、それは慣れで解消された。

ただ、やはり痛い。場所によってはとても痛い。だんだん打つのは慣れていっても、注射を打ち終えるまで、30分ほど時間がかかっていた。

どのくらいの量のインスリンを注射するのか。その量がとても大切だということがわかってきた。

糖尿病ではない場合、インスリン分泌には次の2種類がある。

・基礎分泌…常に分泌され、血糖値を一定範囲にコントロールする

・追加分泌…食事の際に上昇する血糖値をコントロールする

インスリンが分泌されない僕は、この2種類のインスリンを注射で体内に入れなくてはならない。

基礎インスリンは、夜打つことになった。

追加インスリンは、食事の直前に打つ。

実際には、食前の血糖値が250の場合、元々の血糖値を100まで下げる分

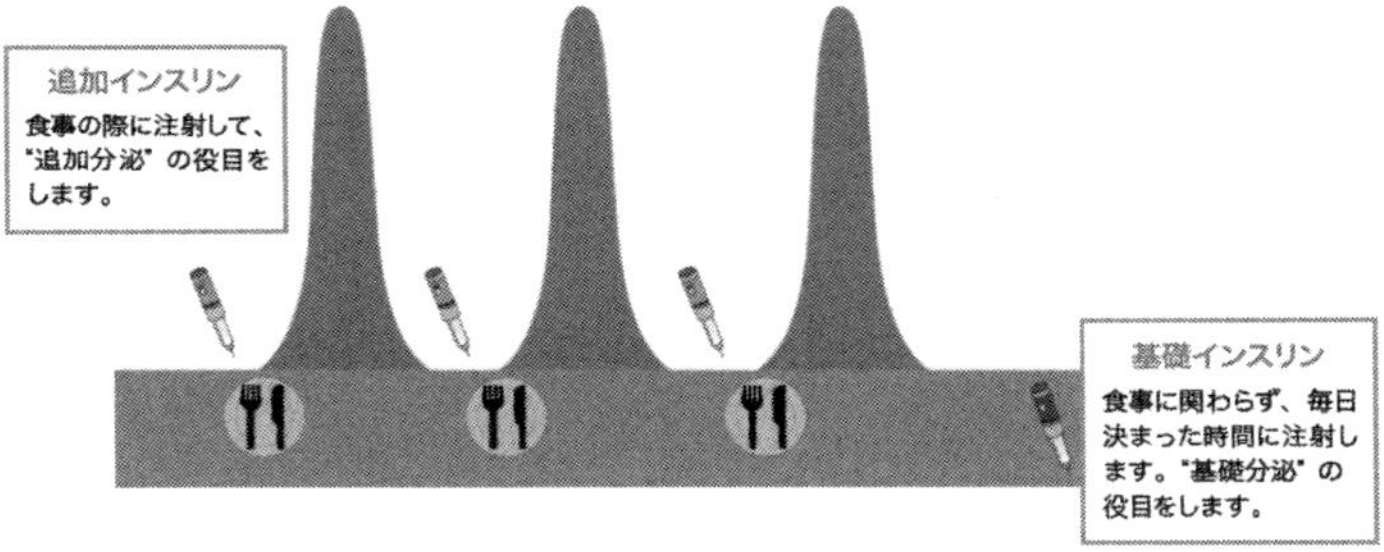

のインスリン＋食べる糖質量を処理する分のインスリンをあわせて打つ。入院中は医師の指示でインスリンの量を変える。

ところが、食後の血糖値は全然安定しない。

血糖値の目安は、食事前には１１０未満、食後は１５０未満と言われた。

それなのに、下がりすぎたり、高いままだったり。

最初はなかなか安定しないものだとは聞いた。

ストレスやアドレナリンによっても血糖値は変化するし、朝は活動しようと体が自然に血糖値を上げようとするらしい。

運動や活動量によっても血糖値は大きく変化する。

病院ではあまりエネルギッシュに動くことはないはずなのに、なぜか血糖値はまったく安定しなかった。

医師が血糖値を見ながら、インスリンの量を調整していく。

低血糖ぎみだからインスリンを減らしましょう、と単純にはいかない。

発症してすぐは、自己分泌が少し残っていることもあり、その分をどのくらい見積もってインスリンを減らすか、微妙な匙加減が必要となる。

こうしてインスリン量を調整してもらっていても、夜、寝ている間に低血糖になって、起きてしまうこともあった。

手が震え、動悸、冷や汗が出て、呼吸も荒くなる。

救急車で運ばれたときは高血糖による合併症状だったが、それと同じような症状になり、あの倒れたときの不安感が襲ってきて、さらに呼吸が荒くなる。

「そういうときはブドウ糖を食べて血糖値を上げる」と教わっていた。

しかし、どのくらい食べたらいいのか。

最初は分量がよくわからず、しかもこの不安からとにかく逃れたくて、たくさん摂りすぎた。

摂りすぎると、今度は高血糖になり、頭がガンガンしたり、トイレに行きたくなったりして、寝られなくなる。


今は冷静に当時を思い出せるが、入院中は、血糖値のコントロールがうまくいかないのを見るたびに、心のなかでは不安が膨らんでいった。

毎食ごと、食前に糖質計算してそれに合った量のインスリンを注射する。

しかも低血糖にならないように気をつけなくてはいけない。

いったい、いつまでこれをやればいいのか。いつまでこの状態が続くのか。

病院にいてもこんな感じなのに、普通の生活を送れるのか。

退院して大丈夫なのか。

受け入れて前に進むしかないとわかっているけど、受け入れられない。

不安のせいなのか、ずっとイライラしていた。


入院時の担当医から、家に帰ってからの注意を受けた。

「お酒は飲まないでください」

「間食はしないでください」

「ラーメンも食べないでください」

人にはそんなことを言って、自分は家に帰ってラーメン食うんじゃないんか。よく淡々とそんなこと言えるな。

さすがに面と向かって言いはしなかったけど、心のなかで毒づいていた。とにかく医師にイライラしていた。

高血糖の症状の一つに、イライラするというのがある。そのせいか。それだけじゃなかった気もする。

6　Instagramで少しだけ見えた希望の光

不安やイライラが続いて、この気持ちをどうにか落ち着かせたいと思い、手を伸ばしたのがSNSだ。

同じ病気の他の人は、どうやって生活しているんだろう。

糖尿病という病気の人は多く聞くが、そのほとんどは2型。僕と同じ1型の人は、周囲に誰もいない。病気のことや生活のことを知るには、同じ病気の人とつながるしかない。

そんな思いで、同じ病気の人のSNSを覗いた。

「今日は通院日でした！（ビールを片手に）」

なんだ、普通にお酒も飲めるんじゃないか。

それに、ご飯も制限なさそうだし、生活にも特に制約がないようで、楽しく暮らしている様子が投稿されていた。僕の将来に希望の光が少し見つかった。

発症したばかりの自分の体験談もいつか誰かの役に立つんじゃないか？

発症したばかりの気持ちを投稿することで、同じようにこれから発症する人たちのためになるんじゃないか？

そういう気持ちでInstagramを始めた。

同じ病気の人から、

「私も病気になって半年目です。一緒にがんばりましょう」

「血糖値は本当に謎が多いですね」

「私は受け入れるのに2年くらいかかりましたよ」

「医療もどんどん進化しているので、期待できますよ」

などなど、さまざまなコメントをもらい、一つ一つ噛みしめるようにして読んだ。

同じ病気の人が身近にいるということを、これほどうれしく感じるとは思わなかった。


退院が見えてきて、自分の体力が心配になり、階段を上ってみた。

ところが、1段も上れない。

愕然として、ベッドの上で軽く筋トレ。筋力は相当衰えている。

翌日、1階の売店に行った帰り、10階の病室まで上ってみた。15分かかったけれど、上り切ることはできた。

退院まで、毎日続けよう。

ところが、血糖値が一気に上がってしまった。エネルギーを使ったら、下がるんじゃなかったのか。

翌々日には、2リットルの水のボトルを買って、それを持って10階まで戻ってきた。

少しずつ、体力が戻っていった。

Chapter 2

人生をリスタートする
― 退院後

1　糖尿病患者としての日々が始まった

ついに退院の日を迎えた。３月１日に入院して３週間ほど経過した19日に退院した。

ああ、風が気持ちいい。

釈放された模範囚？の気分。

これまでは一人暮らしだったが、さすがに自分でも不安で、実家に戻った。

主治医から退院時に、食べ物の指示を受けていた。母親に今さら糖尿病食を作ってもらうわけにもいかないと思い、食事は自分で準備することにした。

そのほうが今までどおり自分のペースで生活できるし、病気のためにもバランスのよいメニューを考えたかった。

入院中に溜まった作業をしているうちに、あっという間に12時になった。

今までなら、おにぎりとかをパパッと食べていたが、これからは、何を食べるかを考え、食べる前にその糖質に合わせてインスリン注射を打たなくてはならない。

自分で何か作ろうか。これから買い出しに行って作るとなると、1時間くらいかかりそうだな。そう考えているうちに、手が震えてきた。

低血糖になるのかもしれない。

急いでコンビニに行って、弁当を買ってきた。

夕食は、久しぶりに牛丼でも食べようと家を出たのに、インスリンを持ってくるのを忘れ、家に取りに戻る。

これからまた店に行って、血糖値を測って、注射するのかと思うと、もう面倒になり、結局コンビニ弁当を買ってくるという始末。

退院初日は疲れ果てて、早々に寝てしまった。

こうして1型糖尿病患者としての日々が始まった。

とにかく食事が大変だった。

気づくとご飯の時間。食事が1時間遅れるだけで、手が震えてきて、「低血糖になりそうだよ」と体が知らせてくるので、仕事も途中でやめて、食事のことを考えなくてはならない。

いつでも何でもぱっと頬張ることができた日々が懐かしい。ほんの1か月たっただけなのに。


血糖値を測定して、栄養を計算して料理をし、インスリンを打ってから食べて、数値などを記録すると、1時間半くらい必要になる。

それを毎日3回行わなければならない。

しかも、病気になった身としては、やはりバランスよく食べる必要があるので、料理にもある程度の時間を費やさなくてはならない。

とはいえ、食事のたびに料理もしていられないので、毎朝、その日の3食分を作ることにした。

毎回、同じメニュー。

最初に糖質量を測っておけば、その後は考える必要がない。

ご飯100グラム、せん切りキャベツ、納豆、ゆで玉子、豆腐を、タッパーにどーんと入れる。

何も考えずに作る食事。

おいしく食べるための料理ではない。

とにかく血糖値をわかりやすくするための作業だった。

入院中の食事のバランスを真似た内容だったが、活動量や運動量が入院中とは違うので、血糖値が下がりすぎてしまう。

かと思うと、なぜか血糖値がとても高くなったりして、本当に悩ましい。

血糖値が上下すると、情緒は不安定になる。

時間をかけて食生活を管理していた。

2　楽しく食べるために、頑張っておいしい糖尿病食を作ってみた

それでも、やはり食事は大切だ。

仕事も飲食関係だったので、料理はある程度できる。

食事の時間を少しでも楽しくしたかったので、おいしそうなメニューを考えて、調理する様子やできあがった料理の写真をＳＮＳに投稿した。

誰かが見てくれるということは、バランスのいい食生活を続けるためのモチベーションにもなる。

インスタに、いろいろなサラダの写真を、材料やお勧めのポイントとともに載せた。

4月5日　3種のきのこと半熟卵の和風サラダ
[材料] キャベツ、春菊、ミニトマト、もち麦、半熟卵、エリンギ、ブナシメジ、えのき
[ポイント] きのこ3種はオリーブオイルと塩で炒める。

4月13日　マグロチャーシューとアボカドのサラダ
[材料] キャベツ、小松菜、ミニトマト、豆苗、アボカド、オートミール、マグロチャーシュー（スーパーで買った）、温泉卵

4月21日　グレープフルーツとクリームチーズのサラダ
[材料] キャベツ、小松菜、水菜、キュウリ、クルミ、クリームチーズ、グレープフルーツ、オリーブ、ブラックペッパー
[ポイント] オリーブの風味とブラックペッパーがアクセントで、お店の味に。

4月27日　オクラとサーモンのネバネバサラダ

［材料］キャベツ、小松菜、リンゴ、サーモン、アーモンド、もち麦、オクラ

［オクラのネバとろドレッシングの作り方］

A　オリーブオイル、レモン汁、しょうゆ、こしょう

1　オクラを細かく刻み、ひたひたの水を加えて混ぜる。

2　冷蔵庫で1時間以上おき、Aを加えて混ぜる。

5月11日　カブと生ハムのサラダ

［材料］キャベツ、水菜、カブ、セロリ、生ハム、オリーブオイル、ブラックペッパー

［ポイント］カブは消化を助ける作用を持つジアスターゼを含んでいる。熱を加えると失活してしまうので、カブは生で食べるのが一番！

コメント欄の「おいしそうですね」「盛り付けもきれい！」が、いつも励みになった。そのために、頑張っていた感じもする。

3　それでも毎日が低血糖との闘い

こんなに食生活を管理していたのに、毎日のように低血糖を起こしていた。

血糖値が70㎎／dℓ以下になると低血糖という。

症状としては、気持ちの悪さ、動悸、冷や汗、手や指が震える、立っていられなくなる、不安感が増す。

40を切ると、昏睡など意識のない危険な状況になるリスクが上がる。

低血糖になったら、とにかく糖分を体に入れて、血糖値を上げなくてはならない。

値が65ともなると、焦る。

「やばい、やばい、ブドウ糖を摂らないと」

そういうときに食べるブドウ糖の固形物もあるし、主成分が果糖ブドウ糖液糖の飲み物、たとえばコーラやファンタなどでもいい。

だが、口に入れてから、すぐには上昇しない。

10分とか、15分とかをじりじりと待って、再度血糖値を測る。

ところが、全然上がっていなくて、逆に60とかに下がっていることもあった。


発症してすぐは、まだ自分の膵臓からインスリンが少し出ている場合もあって、注射を打って体内に入れるインスリン量を決めるのは、なかなかむずかしい段階ではあった。

単純に注射したインスリン量が多かったのかもしれない。

当時はそんなふうに冷静には考えられず、このままどんどん血糖値が下がって、死んじゃうんじゃないかと、めちゃめちゃ恐ろしかった。

これが、程度の差はあれ、毎日のように起きるのだ。

家にいたその日も、呼吸が荒くなってきた。

これがどんどんきつくなったら、発症時に救急車で運ばれた、あのときのようになるんじゃないか。そう思うと、不安で不安でたまらなくなった。

すると、過呼吸になり、パニックになった。

目がちかちかしてきて、どんどん周りが見えなくなっていく。

とにかく、ジュースか何かを飲まないとならない。ブドウ糖は固形物なので、飲みもののほうが吸収が速い。

冷蔵庫からペットボトルを取り出したが、力が入らず、フタを開けることができない。やばい、これ飲まないと死んじゃうのに、開けられない。

声も出せなくなる。

「やばいやばい」

としか言えない。

近くにいた母親が、異変に気づき、フタを開けて飲ませてくれた。

「大丈夫？　ほかに何かいる？」

心配して声をかけてくれる、その母の声がうっとうしい。きつい。

こんなに状態が悪いのに、しゃべれるわけないじゃないか。

すべてにイライラして、死んじゃう、死んじゃうと、頭のなかは不安でいっぱいになっていた。


それなのに、血糖値が70を超えると、おもしろいように、けろっと治る。

不安感は消え、動悸も治まり、目に見えない倦怠感だけ残る。

本当は大したことないんじゃない？　大げさに言ってるだけなんじゃない？

そう思われているのではないか。

実際にそんなふうに言われたことは一度もないのに、そう思い込んでしまう。

この気持ち、誰もわかってくれない。

一番近い家族ですらこうなんだから、世間の人がこのつらさをわかってくれるはずがない。

疑心暗鬼の気持ちは、どんどん膨らんでいった。

4　大好きなすしの食べ方がわからず、死を覚悟した

友人と回転ずしを食べにいった。

すしは僕の大好物だ。

すしは糖質が多い。

お米の量は、1皿（2貫）で15グラムくらい。3皿（6貫）食べたら、45グラムくらいになる。山盛りのごはん1杯分だ。

僕は10皿くらいペロリと食べるので、ラーメンよりも糖質が多い感じになる。

退院後、はじめてのすしだ。

10皿くらい食べるかなと思って計算し、食べる前に注射を打った。

しかし、すしの食べ方を忘れていた。10皿をいっぺんに食べるわけではない。

1皿食べてから、次を頼んで、少し間が空いて、次の皿がやってきてから食べる。

4皿くらい食べているときに、血糖値が下がってきたのを感じた。

測ると68。70を切っていた。

すしをゆっくり食べているので、10皿分のインスリンをすでに打ってしまったのに、それに見合うだけの糖質が体に入っていないのだ。

やばい、やばい。とにかく糖分を補給しなくては。手持ちのブドウ糖タブレットじゃ足りない。どこかで糖分の多い飲み物を手に入れなくてはならない。

自分が会計をする余裕もなく、一緒に行った友人を「はやくはやく」と急かして会計してもらった。

どこか、自販機でもコンビニでもないか。

あった。スタバがあった。ここのフラペチーノは、糖質量が多い。糖質が60gくらいある。

一気にぎゅーっと飲んで、やっと気持ちが落ち着いた。

ほんとに死を覚悟した一瞬だった。

あとで冷静に思い返せば、店を出る必要はないとすぐにわかる。店内に対処法はあった。ドリンクバーで、糖質の多いジュースをがぶ飲みすればよかったんだ。しかし、経験の浅さと低血糖への恐怖から、頭が働かなかった。

ショッピングしているときも、何かのイベントに行っているときでも、ただ普通に歩くという活動でも糖を使うので、血糖値はだんだん下がってくる。

持ち歩いてるブドウ糖だけでは足りなくて、じゃあジュースを買おうとすると、そういうときに限ってレジがなかなか進まず、「やばいやばい」と焦り出す。ジュースを飲んで、5秒後にすぐ血糖値が上がるわけではないので、10分くらいは低血糖症状に耐えなければいけない。心配で怖くて、そばにいる家族や友人に悪態をつく。

仕事場でもどこでもそういう状態で、低血糖になると、とにかく余裕がなくなった。

5　誰もわかってくれないと思い込んでいた

退院してすぐのころは、血糖値のコントロールができないのは仕方ないかと思っていた。

しかし、3か月たっても4か月たっても、自分の思い通りにはならない。低血糖を起こし、目眩と動悸で立っていられなくて、職場でも、道路でも横になるということが毎日のように起きていた。

それほど、血糖値のコントロールはむずかしい。

低血糖や高血糖で夜中起きて、寝不足で、さらに体調不良になる。

注射はしなくてはいけないから、食事はする。

常に血糖値とインスリン量を考えていた。

仕事はけっこう休んでしまっていた。

退院して半年ほどは、ずいぶん荒れていたと思う。何を言われても、聞く耳を持てなかった。


低血糖のときに「ブドウ糖食べたんだから大丈夫だって」と言われても、「簡単に言わないでほしい。低血糖のつらさ、わかんないだろう」

と、心のなかで憎まれ口をたたいていた。

いや、実際に言ってしまったこともある。何だったら、

「健常者だからそんな簡単に言えるんだ」

くらいのことを思っていた。

医者もわかってくれなかった。

低血糖が怖くて、ご飯を食べるのも怖くなっていた。食べようと箸を持つと、その手が震えるのだ。どうにか口へ運ぶも、ご飯が喉を通らない。早く食べないとまた低血糖になってしまうと思うと、動悸が止まらなくなる。

どうしたらいいか相談に乗ってもらいたくて病院へ行ったら、たまたま主治医がいなくて、別の医者が診てくれた。

「こんな状態でご飯も食べられないです。怖くて食べられないんです」

という訴えに対する答えがこれだ。

「数値上は問題ないから、大丈夫ですよ」

話を聞いていたのだろうか。心の底から訴えているのに、何故わかってくれないのか。

医者って患者の気持ち、ほんとにわかんないんだなと思った。

さすがに医者に面と向かって言うことはなかったが、孤独を感じた。

こうした感情を持つ相手は、家族や友人、医師だけではなかった。

仕事を辞めたときに、他の仕事を紹介してくれた人もいて、そういう第三者にすら当たる始末だった。本当にひどい状態だったと思う。

低血糖は毎日のように起こった。

1型糖尿病は治らない病気だ。いつまでこれが続くんだ。

食事となれば、必ず注射を打たなくてはならない。それもいやだ。

健常者が恨めしかった。


そんな僕からは、もちろん、人が離れていった。

しかし、離れずにそばにいてくれた人もいる。

いつか落ち着くときが来るからと見守ってくれていた。

いつか気づくときがくるからと、辛抱強く待っていてくれた。


孤独な気持ちになって、愛って何だろうと考えたことがある。

そばにいてくれる人たちに愛を感じたけれど、それを素直に受け取る気持ちの余裕が、僕にはなかった。

でも、いてくれるという安心感はあった。その人たちに甘えていたんだと思う。

不安だからこそ相手につらく当たって、その愛を試していたのかもしれない。

今思えば恥ずかしい限りだが、発症して半年くらいの人は、「愛ってなんだろう」と、一度は考えるんじゃないだろうか。


後の話のこと、ＳＮＳでこんな質問をもらった。

「身近な人が病気になりました。つらそうだけど、当人じゃないから、本当のつらさがわからなくて、どのように声をかけたらいいか悩みます。何をしてほしいのか、どうしてあげたらいいか。どうしたら元気づけられるか。教えてください」


簡単に回答できる話ではないと思っている。

言葉にはパワーがある。

その分、誰がどういうタイミングで言うかを慎重に考えなくてはいけない。

かけられた言葉に傷つくこともあるし、反抗することもある。退院して何か月かの僕のように。

誰にでも当てはまることは、一つあると思う。

「その人から離れないでいてほしい」。

この一つだ。


自分の荒れていた時期を振り返ると、孤独だった心を思い出す。

本人は、どんな声をかけられても素直に反応できないことを、申し訳なく思っているはず。

だから、そばにいてあげてほしい。

振り返って考えれば、そう言えるが、当時の僕もわかっていなかった。

そんなこと考える余裕がなかった。

6　自堕落な大学生活を送るなかで

突然倒れて、救急車で運ばれたから、何もかも放り出しての入院だった。

そのとき僕はコールドジュースの店を経営していた。


25歳の僕がなぜ経営に携わっていたのか。話は大学時代に遡る。


僕はそもそも、大学進学を考えていなかった。

中学生の頃は、パティシエになりたいとぼんやり考えていた。お菓子が好きだったという単純な理由だったが。

となると、高校卒業後に専門学校に進むことになるだろう。専門学校ではきっと忙しいだろうから、高校が最後の学生生活となる。

遊べるところに行こうと思って、勉強しないでも入れる、偏差値が低めの高校を選んだ。

勉強せずに好きなことをして楽しんでいても、卒業できる高校だ。その頃はバンド活動にほぼ全部のエネルギーを注いでいた。それでも何の支障もなく高校生活を送っていた。

ところが、だんだんパティシエに興味がなくなってきた。さて今後どうしようかと思うようになった。その高校から大学進学を考える人は皆無で、就職するか専門学校に行くか、どちらかだ。音楽しかしていなかったが、音楽の道に進むというほどの実力でもない。

社会科に若くておもしろい先生がいた。

ぽろっと相談したら、

「じゃあ大学に行けばいいじゃないか」

と言われた。

とはいえ、その高校から大学進学をめざす生徒はほぼいないので、授業のカリキュラム自体が大学受験に合っていない。センター試験で受ける内容まで、授業が進んでいないのだ。

先生自身も、大学受験の生徒を受け持ったことがないので、どうやって指導したらいいかわからない。それでも、自分もいろいろ調べて教えるから、目指してみないかと言ってくれた。

僕が住んでいるのは、新潟市。一番近い大学が国立の新潟大学。そこはセンター試験が必要だ。私立の大学に行くお金はない。

先生が調べた結果、夜間の経済学部なら、センター試験がなく、小論文と面接だけで入れることがわかった。

よし、そこに照準を定めよう。

時すでに高校3年の夏。

先生が、小論文と面接の準備の面倒を見てくれた。

当日、小論文でつまずいて確実に落ちたと思ったけれど、奇跡的に合格。

先生も喜んでくれた。

両親は、といえば、

「自分のお金だったらいいんじゃないの」程度の反応。

子どもが七人の大家族なので、それぞれの主体性に任されている。


大学では、授業に出ても、全然ついていけない。

経済学部だから数学の授業もあるのだが、偏差値38の高校に通っていた僕には、国公立大学の数学はまったくわからない。

授業の最初の方でつまずき、大学にはだんだん行かなくなり、サークル活動や飲み会ばかり参加する自堕落な生活を送っていた。

経済学部は3年から4年への進級要件があり、必要な単位が取れてないと上がれない。

案の定4年に進級できなかった。いわゆる不真面目な大学生だった。

7　不真面目な大学生がビジネスの世界でやる気に。そんなとき…

お酒が好きだった僕は、一人で市内を飲み歩いて、カウンターで店員さんと仲良くなったり、隣に座っている大人と仲良くなったりしていた。

僕はまったく人見知りしないタイプで、誰にでも話しかけたし、知らない人と話が盛り上がることも多かった。

人見知りしないのは、おそらく小、中学校時代の部活の顧問の先生のおかげだと思う。挨拶などの基本的なところを学んだし、厳しい先生とのコミュニケーションのなかで、自分に自信もついたのではないかと、勝手に思っている。

飲み屋で仲良くなった人に誘われて、短期でいろいろなアルバイトをやった。人材派遣、テレビ局のアシスタント、飲食店などなど。

褒められて調子に乗るタイプなので、相手もそれを知ってうまく使ってくれていたように感じる。

その後、お店をやってみないかと出資してくれる人と出会い、タピオカ屋をやることになった。ちょうどタピオカが流行っていたころ。仙台の店のフランチャイズ店として、新潟で始めた。

軌道に乗った様子を見た本部から、立ち上げの仕事を手伝ってほしいと言われた。新潟の店はアルバイトの子に任せて、東京、青森、沖縄などの新店舗の立ち上げに携わった。現地での店舗デザイン、オペレーションの設計、調理、接客、販促物やWEBのデザインなど、仕事全般を任された。この頃にはもう行っていなかった大学を退学した。

2020年、新型コロナウイルスのパンデミックが起きたその年、オーナーがもう一店舗出店したいと話してきた。

今度はフランチャイズではなく、ブランドの立ち上げから行いたいと。

元々のタピオカ屋に、本部での店舗立ち上げで出張が多かった僕は、自分が常に店に立つのは難しいと、大学の後輩たちに声をかけて、コールドプレスジュースの店を開店した。僕が店舗をデザインして、実際の運営は彼らに任せた。

しかし、世間はちょうどコロナ禍で、経営はすぐにはうまくいかなかった。

2021年にフランチャイズ本部の新店舗立ち上げの仕事は終わり、ジュース店の運営の専任になった。売り方を変え、コストを徹底的に削減し、少しずつ利益が戻ってきて、これからだなと思って頑張っていた。

大学での授業にはついていけなかったけど、ビジネスのなかでは学べることが多かった。自分には合っていると思った。

「やるか、やらないか」ではなく、「やるか、やるか、やるか」の世界だった。

仕事とプライベートの境目はなかったが、自分の行動や人脈の広げ方次第で、視野が広がっていくのが楽しかった。

それまで自己肯定感が低かった僕だが、自分の考え方、とらえ方によって、自己肯定感は変わるものだと、ビジネスを通して学んだ。

毎回、新しい店舗に関わり、新しいことにチャレンジしていたのが、よかったのかもしれない。

ずっと関わっていたいものが見つかった。自分のなかではこれでやっていこうと意欲的に取り組んでいた、そんなときだった。救急車に運ばれて入院したのは。

入院中はずっとバイトに任せっきりになっていた。病院からたびたび連絡は取っていたが、さすがにそれではうまく進まない。

退院しても、低血糖に毎日悩まされ、休み休み仕事に行っていたが、仕事先でふらつくことも多かった。こんなんじゃあ会社に迷惑をかけるだけだ。

自分自身も、低血糖のせいで、だんだん外に出るのが怖くなっていた。

7月、僕は仕事を辞めた。辞めたらどうなるか、その後のことなど考える余裕もなく、辞めた。現実逃避。逃れたい一心で辞めた。

8　25歳無職ひきこもり、うつ状態から奇跡の復活

同じ病気の人のＳＮＳに書かれていることは、病気とうまく付き合っている話が多くて、最初は夢や希望が感じられた。

しかし、現実はどうだ。

自分自身の血糖値がまったくコントロールできない状態でいる。

ＳＮＳ上のことが、きれいごとのように思えた。

病気があっても人生うまくいく。

病気になっても大丈夫。

病気は個性。

きらきらしたことしか載ってないと感じた。

見るのがつらかった。

なんで自分は前向きになれないんだろう。

なんて自分はダメなんだろう。

唯一の仲間だと思っていた、同じ病気の人に対しても引け目を感じるようになっていた。


どう考えたらいいのかわからなくなり、ＳＮＳを見るのをやめた。

仕事も辞めて、家にひきこもった。

25歳無職ひきこもりの誕生。声高に言えることではないけど。


1か月ほど、うつ状態だった。

カウセリングを受けにも行った。

働こうにも低血糖が怖いし、しかも同じ病気の人から、就職先に病名を告げたらクビにされたという話も聞いていたので、なかなか就活に踏み切れなかった。

どうしたらいいのか。人生終わったなと思った。

動悸もずっと止まらなかった。

ひどい動悸ではない。常に胸がぞわぞわする。胸に手を当てなくても、どくどくと心拍がわかる。

気にするとよけい気になるので、なるべく気にしないように心がける。

落ち着かせようとして心臓に手をやると、それが一つのルーティンになってしまって、よけいに動悸が大きくなる、ということを知った。

なので深呼吸をしながら、

「大丈夫、大丈夫」と自分に言い聞かせ、動悸を治めようとした。


自宅にいたから、住む場所に困ることはなかったけど、一番大きな問題は医療費だった。

この1型糖尿病という病気はインスリン注射をしないと生きていけないので、1か月に1回の通院が必要。月に1万5000円くらい医療費がかかる。

これを一生払い続けなければならない。しかも公的な医療補助がまったくない。この病気は、生活習慣とか遺伝に関係なく、誰にでも突然に発症する。発症したが最後、生涯医療費で1000万円ぐらいは余裕で超える。

このうつ状態の1か月ほどのことは、あまり記憶がない。何もしていなかったのかもしれない。食べて注射するだけだった。

動悸や低血糖が心配で、あまり人混みに行かないようにしていたけど、仕事がなくて時間はあったから、体調のいいときは、外に出かけていたのかな。

何をしていたのか、不思議なくらい思い出せない。

というか、あんなキツい日々は思い出したくない、というのが正直なところかもしれない。

そんなうつ状態から抜け出したきっかけは、自転車だ。登山やアウトドアが好きな地元の先輩が、自転車でも乗ってみればと貸してくれた。

動悸や低血糖は心配だったけど、思い切って乗ってみた。すごく気持ちいい。ずっと続いていた動悸が、風を切って走っているうちにすうーっと治まるのを感じた。

自分でも驚いた。低血糖が怖くて、外を歩くのもためらっていたのに。

やはり外に出て体を動かすのは、大事みたいだ。

それからちょくちょく自転車に乗るようになった。

10キロ、40分くらい。目的もなく、ただこぐだけ。どこに行くわけでもなく、一人で写真を撮ったりしながらこいだ。

いつの間にか、ふだんの生活でも動悸がなくなった。

動悸があると、低血糖で倒れるんじゃないか、という恐ろしさにつながる。

睡眠不足もなくなった。

高血糖や低血糖が起きると眠れない。睡眠不足だと低血糖になりやすい。負の循環から解放されて、よく眠れるようになった。

そして、めちゃめちゃ元気な自分がいた。

おもしろいもので、こうなると、心が前に向かって転がり出す。

できることからでいいから、ちょっとずつやっていこうと思えるようになった。

8月に入って、1か月以上ぶりにSNSで発信した。

「お久しぶりです！　ずっとうつで、SNS触っていませんでした。ここ1か月ほど、カウンセリング含め週一通院で心の回復に努めた結果、やっと元気になりました……」

と投稿した。

すると、多くの人からコメントが届いた。

「心配していましたよ」

「無理せず、ゆっくりね」

「お帰りなさい」

「私も最初のころはそうでしたよ」

温かいメッセージに、僕の心はさらに前向きになっていった。

9　誹謗中傷だらけのTikTokから学んだこと

「ディズニーランドに行って、何回注射を打つか」という動画をTikTokに投稿した。

1回目の注射　朝ごはんのホットドッグの前に
2回目の注射　うどんとビールの前に
3回目の注射　ガストンの酒場でビールとナッツの前に
4回目の注射　チキンの中華パオサンドの前に
5回目の注射　ガストンでビールとナッツの前に
6回目の注射　パスタの前に
7回目の注射　イクスピアリでちょっと飲む前に

1型糖尿病患者がディズニーランドに行って、食事のたびにインスリン注射を打ったら7回も打ちましたという内容だ。

これが急にバズった。一瞬で100万回再生された。

最初は、「おお、バズった！」とうれしかった。

同じ病気の人から共感のコメントが来たと思い、心が踊った。

しかし、実際にコメント欄に並んでいたのは、たくさんの誹謗中傷だった。

それまでの僕のSNSは、同じ病気の人に届いていただけ。

100万回再生となると、この病気を知らない普通の人にも届く。


「自分が不摂生な生活をして病気になったのに、つらいとか笑える」

「そんなに食べていたら、そら糖尿病になるわ」

何を言われてるのか、一瞬理解ができなかった。

スワイプする指が毎回止まるくらい、ショックを受けた。

なるほど、こんな偏見に満ちた言われ方をするんだ。

コメントは、共感と非難とおそらく半々だったが、非難が9割くらいに感じられた。がっくりきた。

そのなかに、同じ病気の子どもを持つお母さんからのコメントがあった。

「たいきさんの動画を見て、小学5年生の息子が自分で注射を打つようになりました。ありがとうございます」

と書かれていた。

それを読んで、非難が多かった今回の発信でも、動画投稿の意味があることを知った。

一人でもいいから、そういう子に届けばいいじゃないか。100のバッシングがあったとしても。

同時に、病気ではない人から、こういうコメントも来た。

「若い方がなる病気だということをはじめて知りました」

「看護師なので病気は知っていましたが、生活がこんなに大変とは知りませんでした」

ＳＮＳが病気ではない人に届くということは、非難も来るが、知らない人に知ってもらえるということもあるんだ。

たしかに、僕が１型糖尿病になったことを周りに言っても、この病気を知っている人は誰もいなかった。

「不摂生な生活をしてたんじゃないの？」

「お酒？　それとも甘いものの食べすぎ？」

糖尿病という病名は知っていても、１型と２型があると知っている人は少ない。

実際、１型だけでなく２型も半分くらいは遺伝的要因が強く、普通の食生活をしていても発症する人は多い。

糖尿病と聞いただけで、生活習慣病と勘違いされてしまう。誰にも起こりうる病気だというのに。

僕のSNS発信が多くの人に届いて、糖尿病を正しく認知してもらいたい。
そんな思いも強くなっていった。

それに、僕も自分が患者となってはじめて知ったことなのだが、1型糖尿病は子どもに多く発症するという。

0～14歳の日本人では、1年間で10万人当たり2・4人が1型糖尿病を発症するといわれている（国立国際医療研究センター糖尿病情報センターのサイトよりhttps://dmic.ncgm.go.jp/general/about-dm/050/030/03.html#01）。

小学生や中学生の頃に、甘いもの食べすぎたんだろうとか、若いのに糖尿病なんてぜいたく病かよとか、意味のわからないことを言われたり、いじめにあったりもするらしい。

小学生に糖尿病＝生活習慣が悪いという先入観があるとは思えないが、おそらく親の偏見なのだろう。

僕もこうしたバッシングを受けて、子どもたちの気持ちが少しわかったような気がした。

そのうえ、僕のSNSを見て、自分で注射するようになった子どもがいると知ったときは、本当にうれしかった。

僕がこの病気になったのには、何か意味があるのではないか。

本当に死ぬ寸前のところまで行ったので、今は新たな人生、第二の人生とも思える。

第二の人生では、この病気に限らず、いろいろな病気の方々が元気になれるような発信をしていきたい。

入院中は僕が、SNSで活動されている方々から元気をもらった。

僕もそうできるような、生き方を選びたい。

新たな人生の意味を感じ始めた。

10 YouTubeで「僕のリアル」を発信していく

僕もYouTubeを始めよう。

僕がしてもらったように、誰かを元気にしたい。

この病気について本当のことを知ってほしい。

キラキラした話だけでなく、つらい現状も含めて、すべてリアルに。

最初にアップした動画のタイトルは、「これが25歳で糖尿病になった患者のリアルです」。

僕の原点、発症当時の気持ちを伝えた。

入院中に撮っておいた、食事中の動画を流しながら、いろいろ話した。

病名を告げられたときのこと、死ぬまで治らない病気、しかも原因不明。それなのに、無茶な生活をしたからじゃないかと言われ、一方で自分の血糖値は安定しなくて不安ばかり。

しかも、同じ病気の人は周りに皆無。

「僕なんかまだ発症して6か月しか経ってないし、まだまだコントロールできてないし、お医者さんでもないのでそんな大したことも言えないですけど、こういうふうに元気に生きてますよみたいな動画を、ここで発信できればいいなと思っています。人それぞれ症状が違って、こういうのがいいですよとかは言えないので、その代わり、自分の普通のリアルな生活とかを発信できたらなと思ってます」

最後にそのときの気持ちを伝えた。その後も、同じ気持ちでいる。

この最初の動画は、現在までに200万回再生されていて、多くの人に、同じ病気でも病気じゃなくても、共感してもらえているのかなと思っている。

その後、フォローしてくれる人も増えて、同時に、SNSを見た知り合いの方から仕事をいただくようになった。

主にＷＥＢ制作や動画編集、またＳＮＳ運用などの仕事をフリーランスで受けている。

もともと、飲食の仕事をしているときに、ホームページ制作やＳＮＳ運用とかを行っていた。

ＳＮＳで発信を始めた頃からYouTubeをやりたいなと思っていたので、動画編集は独学で勉強した。

それらが今、役に立っている。

みんなを元気にしたいという気持ちとともに、現実問題として収入を得ることも大事だ。

インスリンの注射のために病院に行くから、毎月１万５千円はかかる。

いつもふざけた口調で言っているが、YouTubeのチャンネル登録と高評価も僕の医療費になる。

フリーランスはそれなりに大変なことも多いが、常に自分の体調を見ながら動くことができるので、精神的な安定にもつながっていて、今の仕事のほうが断然いい。


11月のある日の様子を、こんな感じでYouTubeに投稿する。

すべてパソコンでの仕事なので、家でずっと向かい合ってると気が滅入る。

気分転換に、午後は外で仕事しよう。

仕事前に15分だけと時間を決めて、YouTubeのコメントをできるだけ返す。

その後、受けている仕事をこなしていく。

昼ご飯を食べてから、歩いて30分ほどのカフェまで歩く。血糖値も下げられるし、一石二鳥。

しばらくパソコンで仕事してから、おやつタイム。

血糖値もいい感じなので、ケーキを食べる。まずは、カフェのホームページでケーキの栄養成分確認。

「あ、これおいしそう。炭水化物42、おにぎり1個分くらいの数字だ。まあまあ高いかな。お、これは炭水化物24。こっちにしよう」

血糖値を測る。歩いた分、血糖値の上がりが抑えられているが、それでもちょっと高いので、ケーキの分も合わせて少し多めに注射を打つ。

おやつが終わって、作業再開。

夕方になり、カフェでの作業を終える。

家に帰ってから、この日の様子をYouTubeにあげるため、編集作業を行う。

発症当時は、これからどうしたらいいのだろう、どうなるのだろうと、絶望していたが、SNSで多くの人とのつながりによって、生きる活力が戻ってきた。

僕の発信から、誰かにも元気のバトンがつながりますように。

その気持ちが、どんどん強くなっていった。

11　応援してくれる人たちに自転車で会いにいきたいと考えた

YouTube のコメント欄には、

「動画に励まされています」

「違う病気ですが、元気をもらいました」

「ぼちぼち、やっていきましょう」

「お互い頑張りましょう」

「子どもが同じ病気です」

などが届く。

全国の人が見てくれて、共感してくれたり、応援してくれたりする。

そんな人たちに実際に会いたい。

会って話をしたい。
そういう気持ちが膨らみ始めた。

でも、公共交通機関を使って会いにいくのでは、ただの旅行。
そうじゃなくて、命をかけて会いにいきたい。
口だけではなく、行動で何かを成し遂げる姿を見せたい。
その人たちの心に残るような会い方をしたい。
自転車で会いにいったら、喜んでくれるんじゃないか。

この自転車というアイデアは、先輩が貸してくれた自転車で走ったら、ずっと続いていた動悸がすーっと治まり、うつ状態を抜け出すきっかけになったことから生まれた。
「来年、自転車で日本一周しようと思う」と周囲の人に相談してみると、みんながみんな反対する。

自転車で？

しかも日本一周？　なぜ？

病気になったばかりなのに？

できるわけない。

自転車を舐めてる。

そういう反応ばかりだった。

僕の体を心配してくれているとは思うが、やっぱり、僕の気持ちをわかってくれていないと思った。


たしかに、自転車で日本一周は、しっかり準備していたとしても大変なことだ。

たまにテレビやYouTubeで挑戦する人を見かけるが、そんなすごいことは自分には関係ないと、僕だって思っていた。

でも、自分にとって、この病気は、それくらいのことだった。

いや、自転車で日本一周なんてちっぽけなことと思えるほど、この病気になったことは僕にとって絶望だった。

実際、自分は一度死んでいるようなものだ。

今までの健常者である自分は死んでいて、今の僕は、糖尿病という体質で第二の人生を生きている。

明日死んでも悔いのないように生きてみよう、そう思った。


この病気は、今まで気づくことのなかった人のやさしさ、つながりの力など、大事なことを気づかせてくれた。

同じ病気というだけで、赤の他人とこれほどのつながりを感じるんだ。これまで誰かと心がこんなに通じ合えたことはない。

この病気の人たちのために、僕の人生を使いたい。

その人たちに会うために、僕が自転車で苦労して頑張って必死にこいで行ったら、すごく喜んでくれるだろう。

これは病気になったことがない人には、わかってもらえない気持ちかもしれない。

僕は勢い込んで準備を始めた。
翌年2023年5月スタートに向けて動き出した。

12月31日
2022年の大みそかに発信したYouTube、僕はこんな言葉で締めた。
「今回大きな決断をしたので、僕もちょっと不安なんですけど（笑）、でも、ワクワクするような話なので、ぜひ皆さん、楽しみに待っていただけるとありがたいです！
次の動画で重大発表があります、というお知らせでした！」

SURLY

Chapter 3

病気の自分にできるのか
― 自転車で日本一周

1　みんなに1型糖尿病を知ってもらうため考えた無謀なチャレンジ

2022年大晦日のYouTubeで、

「年明けの次の動画でご報告があります」

と発表した。

楽しみにしていてくださいと言ったのに、僕が次の動画を投稿したのは、5月25日になってからのことだった。


その「報告」とは、全国の同じ病気の患者さんたちと会いながら自転車で日本一周し、その様子をYouTubeで発信することで、1型糖尿病のことを多くの人に知ってもらう、という計画だった。

急に思いついたことではない。ＳＮＳで多くの人と知り合うなかで、この第二の人生を生きている僕にできることはないかと考えた末のチャレンジだ。

それなのに、未だに血糖値が全然コントロールできていない。こんなことで日本一周、しかも自転車をこいでいくなんてことできるのか。

実際、考え出したら答えが出なくなって、ずっと悩んでいた。

YouTubeを見てくれる人が増えれば増えるほど、ためになる発信をしないと、いい血糖コントロールを見せないと、前向きな感じで発信しないと、という思いが強くなっていって、現実の自分からかけ離れていくような感じがしていた。

「発症したばかりの今の自分をリアルに届ける」なんて言っておきながら、フォローしてくれる人が多くなるにつれて、カッコつけている自分がいた。

動画上では健康的でちゃんとした生活を発信してたけど、実際ちゃんと生活はしていたつもりだけど、血糖値が高いままのことが多かった。

低血糖のあの症状になるのが怖くて、高くてもいいやという気持ちもあったし、注射に全然慣れなくて、打つのが嫌で放置した結果、値は高いままだったという理由もある。

けれど、そんなことを動画では言えなかった。

1型糖尿病になっても慣れれば普通の人と同じ生活ができると、発症したての頃に聞いていた。

それなのに、現実は、1年近くたつのにまったくコントロールできていない。

慣れるって何？

どういうこと？

なんで自分はこんなにダメなんだろう。

なんでちゃんとコントロールできないんだろう。

こんな状態でこのまま発信活動していいのか。

悩み出したら、どんどん何もできなくなっていった。

SNSを見るのも怖くなって、しばらくは遠ざけていた。

あとで見返すと、更新していない時期にも、「大丈夫?」「更新なくて心配ですが、無理しないでください」などと温かいコメントやメッセージが毎日のように届いていた。

優しい言葉のおかげで少しずつ考えがまとまり、これからは、本当のことを、等身大の自分を正直に出していこうと思った。

発症経験も浅い、血糖値もコントロールできていない自分を、いいことも悪いことも全部リアルに（今度こそ本当に）さらけ出して挑戦していく姿を見せるというのが、同じ病気でつらい思いをしている方のためになるんじゃないか。

元気を少しでも与えられるんじゃないか。

インスリン注射を打ちながらの自転車日本一周を実行に移す決意が、やっとできた。

2 悩んだ末の決意表明
「インスリンを打ちながら自転車で日本一周」

5月25日

5か月ぶりのYouTubeで、僕は決意を発表した。そして、思いを次のように話した。

6月1日からの約半年間、全国の患者さんと交流しながら、いろんな人の体験談とか悩みとかをYouTubeで発信していくという自転車日本一周企画を行います。

1型糖尿病は生活習慣とは関係ないのに、「どうせ甘いもの食べすぎたんでしょ」「糖尿病はぜいたく病じゃないの?」「自業自得だね」とか言われることがあります。この病気を知らないがゆえの偏見が、けっこうあります。

毎日の注射とか低血糖のリスクだとか、ただでさえ生きるのが大変なのに、偏見のせいで糖尿病であることを人に言えず、また一人で病気を抱え込んで生きている患者さんがたくさんいます。

そんな偏見をなくすために、これまでいろんな発信活動をしてきましたが、ただ僕は医者でもないので、どうしても一患者としての体験談しか発信できません。

実際には毎月の医療費が1万円の人もいれば3万円の人もいますし、2型糖尿病の人でも生活習慣とは関係なく遺伝の人もいます。1型糖尿病のお子さんを持つ親御さんにはまた別の悩みがあます。人によってそれぞれ状況とか悩みが違うんです。

そこで今回、日本中を訪ねて、いろんな患者さんとの交流とかリアルな体験談とかを発信すれば、さまざまな状況を伝えることができ、発信の偏りもなくなるんじゃないかなって思ったんです。同じ思いをしてる患者さんに、一人じゃないんだよって伝えられますし。

普通に全国をまわるだけだと、ただの旅行になってしまうし、糖尿病に縁がない人は興味が持てないでしょう。糖尿病を知らない人にも声を届かせるために、「若者の自転車日本一周」っていうエンタメを通して発信し、糖尿病を正しく知ってもらおう、というのが今回のチャレンジの背景です。

インスリンの処方をどうするのか、月1回通院しないといけないんじゃないのか。そういう問題については、なんと主治医の先生が全国の病院に紹介状を書いてくれることになりました。ありがとうございます。

日本一周中はそれらの病院をまわって、診察を受け、インスリンの処方をしてもらう予定になっています。

通院のスケジュールやルート、季節の関係もあって、すべての県には行けないと思います。それに体力の心配もあるし、夏場のインスリンの管理とかもあるので、焦って無理したりすると本当に危ないので、無理せず行くつもりです。

YouTubeで配信するための動画編集はどうするのかという問題もあります。そこに関しては皆様のお力をお借りしようと思ってます。

僕一人では絶対に無理なので、お願いします。皆様のお力を貸してください。

ライブ配信でアイデアを募集しようかと考えています。

出発前も出発してからも、こんな方法いいんじゃないかとか、こんなイベントしたらおもしろいんじゃないかとか、何かいいアイデアがあればぜひコメントしてください。

みんなで一緒に作戦会議しましょう。

出発までそんなに時間はないんですけど、これから投稿頻度を上げて、あとライブ配信もやっていこうかなと思ってます。

今とってもワクワクしています。皆さんにお会いできるのがすごくうれしくて楽しみです。

この病気になったときは、周りに同じ病気の人がいなかったので、一人で病気を抱え込んで、僕の病気のことを本当にわかってくれる人はいないんだと思っていました。

そんな僕がここまで決断することができたのは、本当に皆様のおかげだと思ってます。

これからまた動画投稿を再開して、旅の準備とかも含めて発信していくので、ぜひこれからもご視聴をよろしくお願いします。


僕の決意表明だった。

6月1日に出発と決めた。

この発表を、何の準備もなく行ったわけではない。

3月頃から、血糖コントロールも少しずつできてきて、前年に考えていたことを実現させようと、実は5月1日の出発を目指して準備を始めていた。

だが、日にちが近づくにつれ、山の中を一人で走っているときに低血糖になったらどうしようとか、現実味を帯びた不安が襲ってきた。

いやいや、完璧にできなくても、とにかく出発をしよう。

完走できなくても、出発だけはしよう。

出発日を6月1日に再設定して、準備に動き出したのだった。

3　企業からの支援やクラファンなど、応援してくれる人が次々と

さて、次に重要な準備の一つは、資金集めだ。

宿泊や食費、薬代。低血糖時に食べる補食費用もけっこうかかる。

自転車で走っている様子を動画配信するためには動画編集をしなくてはならないが、移動中に時間の余裕がないため、外注が必要となる。

金銭面の応援はあるに越したことはない。スポンサーを募ることにした。

僕が何者で、どういう経緯で、どういう思いで、自転車で日本一周では何をするのか。心を込めて企画書を書いた。

全国から30～40社を選び、その会社のホームページの「お問い合わせ」ページに送った。

僕の住む新潟だけで応援してもらっても広がらないから、全国を対象にした。見ず知らずの若者からの依頼はほとんどから断られたが、7社から支援してくれるという返事がきた。一般企業、健康アプリの開発会社、製薬会社でない医療機器メーカーがサポートしてくれた。

クラウドファンディングも立ち上げた。

僕を応援してくれる人がいるのだろうかと不安に思いながらも、目標額を116万円として5月30日に募集を開始した。なんと4日後に目標額達成した。6月1日にすでに走り始めて、常にエネルギーが必要になる過酷な環境で、予想以上に血糖値のコントロールが難しく、補食の費用も想定以上であることがわかってきたため、200万円を次のゴールとして設定した。

ありがたいことに、6月26日終了時にはそれも達成。

旅後半の宿泊費などの工面もでき、心に余裕を持って日本一周を続けることができたのだった。

もう一つ重要な準備は、メディア対策だと思った。

ＳＮＳでつながっている人にだけしか情報が届かないのでは、限りがある。せっかくエンタメを通して、病気ではない人にも知ってもらおうとしているのだ。僕をフォローしてくれている人だけでは、病気に関係ない人には伝わらない。

出発前、プレスリリースを新潟の記者クラブに投げ込んだ。全国のテレビ局や新聞社のホームページの「お問い合わせ」にもメールを送った。

これらが功を奏して、行く先々のメディアで取り上げてくれた。

何より大きかったのは、ＴＢＳが6月14日に夕方の情報番組で取り上げてくれたことだ。テレビやメディアを見て、僕のことを知って、患者交流会の集まりに申し込んでくれた人や、わざわざ会いにきてくれた人もいた。

自転車で日本一周というエンタメでなければ、ＴＢＳが全国ニュースで取り上げることもなかっただろう。伝えたいことが病気のことであっても、「エンタメ」とともに発信することが大事だと思った。

4　1日80キロ走破を目標に、いざ新潟を出発！

2023年6月1日

こうして、ばたばたと準備を終え、不安を感じながらも、新潟を出発した。

新潟に戻ってくるのは、10月31日の予定だ。

6月19日に札幌で患者交流会を行うと決めていたので、それに向けて1日80キロ走ることを目標に、自転車をこぎ出した。

自転車の後ろには、「インスリン注射を打ちながら日本一周」という看板と赤いヘルプマークも付けた。

1日目は60キロ先の村上市を目指した。

途中、ちょくちょく血糖値を測り、低血糖にならないようにポカリスエットを飲む。

意外と走れる。

気持ちいい。

しかし、けっこうな運動量があるようで、血糖値はどんどん下がっていく。

糖質を含むｉｎゼリーを飲み、下がりすぎないようにコントロールをしながら、進む。

これが僕らしいところなのだが、出発に向けて、何十キロもこぐ練習をしていたわけではない。

だから、快調だったのは最初のうちだけ。

半分も行かないあたりから、膝の上の筋肉がけいれんし始めた。

これはまずいと、合間に休憩を入れながらこいでいたら、なんとか予定の距離を走れた。

最初はすべてが手探りで、でも何もかも新鮮で、見知らぬ誰かと言葉を交わすのも楽しい。

予定通りに、新潟から山形を通り秋田へ。


僕のホームページには地図が載せてあり、どこを走っているかがわかるようになっている。

それを見て、宿泊所まで差し入れを持ってきてくれた女性がいた。

ご主人が、半年前に1型糖尿病に突然なり、僕のSNSで病気についていろいろ教えてもらったので、と来てくれたのだ。

こうした出会いも目的の一つ。

はじめて病気の関係者に会ったことを、差し入れてくれたビールで一人乾杯した。


途中の景色に見とれ、地元特産のおいしいものを食べ、時には大雨に濡れながら、こぎ続けた。
平坦な道ならいいけれど、いつまでも続く上り坂に音を上げることもあった。
けれど、こぎ続けて進むしかない。
それらも含めて、まだまだ楽しむ余裕はあった。

来てくれたのは、同じ病気の方だけではなかった。
心配して、両親が秋田県大館市までやってきた。
健康そうな僕を見て安心し、焼肉をごちそうしてくれて、帰っていった。
僕は七人兄弟なので、親の目が子ども全員に行き届くことはなかった。
だから、25歳にもなった僕の旅先にまで来たことに、驚いた。
そして、うれしくもあった。

5 「なんのために？」なんて考えずにずっと生きてきた

親の目には、今の僕はどう映っただろう。

僕は、小さい頃から何にでも興味を示して、やりたがった。
けっこう器用なところがあって、やってみるとそこそこうまくいく。
だが、長くは続かず、興味はすぐに他のことに移ってしまう。
新しいことを始める爆発力があるが、続ける忍耐強さはない。
すべてがそうだった。

小学校の頃は体力があり余っていて、いつも妹を泣かせていたため、見かねた親が、小学校で何か部活に入りなさいと言う。

僕は野球部に入った。

家に帰れば疲れてバタンと寝る生活になって、親の思惑通り、妹をいじめなくなった。

運動神経はいいほうなので、野球部では最初から打てるし、投げれるし、楽しかった。でも、努力するということが苦手だったため、こつこつ練習する同級生にどんどん追い越される。

その仲間たちは、中学に入っても野球を続けたが、僕はほかの新しいことをやりたいと思って、ソフトテニス部に入った。

ここでも同じこと。最初からある程度はできたため、自分はうまいと思っているうちに、いつの間にか抜かされて負ける。ソフトテニスも中学の3年間でやめた。

中2のとき、文化祭で先輩たちがバンドで演奏するのを見て、音楽に興味をもち、同級生とバンドを組んだ。

ギターを始め、ボーカルも担当した。

中3になれば、公園で行われるお祭りやイベントのステージで演奏した。アコースティックギターとハーモニカの弾き語りの曲、サスケの「青いベンチ」などを歌っていた。

ギターもそれほど練習しなくてもなんとなく弾けるようになって、そこで満足していた。ギターをめちゃめちゃ練習して速弾きできるように、とかはまったく思わないのが僕だった。

でも、音楽はすごく楽しかった。高校でも音楽活動をした。

ライブハウスに出入りするようになり、そこで出会った高校生とバンドを組み、オリジナルの曲を作って演奏していた。バンドはコミュニケーションも大事だし、せっかく外のライブハウスで活動しているので、声をかけないのはもったいないと思って、いろいろな人と関わるようになった。

多くの人と知り合いになり、仲間は多かった。

興味がすぐ他のほうに向くという小さい頃からの性格は、大きくなっても変わらなかった。

周囲に追い越されて居場所を失い、新しい場所を求める。所属していたグループから抜けて違うところに行くのは、自分のアイデンティティを守るためでもあったかもしれない。

大学に入ると、バンドもそれ以上何かになれるわけでもなく、自然に足は遠のいた。

大学時代は、何かを求めて、飲み歩いていた。

そのなかで出会った人たちから、飲食の仕事に誘われ、お店を始めたときは、これが僕の天職かもしれないと思っていた。

振り返ってみると、その頃の自分は、何者かになりたい、褒められたい、周りよりも秀でたい、成功したい、と思っていて、「何のために」が抜けていた。

何のために仕事してるんだろうとも考えずに生きていた。

6 休まずこぎ続けて、疲れがとれない自分に気づく

6月18日の札幌での患者会に向けて、毎日80キロ走るというノルマをこなしていた。

青森市では道の駅で出会った人が、自転車の看板を見て声をかけてきて、ご飯をおごってくれた。

函館に向かうフェリーの乗り場では、やはり自転車で日本一周をしているドイツ人カップルに会って、少しおしゃべりした。

昼食で立ち寄った店の店主も糖尿病で、共通のカロリーの話をした。

自転車仲間でもそうでなくても、同じ病気でもそうでなくても、誰かと心の通い合う瞬間があって、これが旅の醍醐味かなと思う。

10日ほど休まずこぎ続けて、疲れがとれない自分に気づく。宿に着いてすぐに寝てしっかり休息をとる。朝まだ疲れが残っていても、こぎ続けないと先へは進まない。北海道に入り、坂も多くなった。体への負担を感じながらも無理して進み続けた。

6月12日

自転車をこいでいる途中に、主治医から電話がかかってきた。

僕の血糖値は、スマホと連動していて、主治医にも自動的に送られるようになっている。数値が461と、あまりに高くて心配して電話してきたのだった。

その日は、朝から血糖値が高かったのだが、朝食を食べる余裕がなかったため、自転車をこいでいれば血糖値も下がるだろうと、インスリン注射は打たずに出発した。しかし、脱水かストレスか、気づけば血糖値は上がったままだった。

その後、インスリンを注射してこいでいたら、今度は効きすぎて72に下がってしまう。あわててブドウ糖を食べたら、86に戻った。体調も戻った。

7　本当に死んじゃうかも…　どうしよう？

6月13日
この日は、長万部町（おしゃまんべちょう）から寿都町（すっつちょう）に向かっていた。

長万部町は北海道の東側の海沿いの町、そこから西側の海沿いの寿都町へ、北海道を横断する山の中を走っていた。

車通りのない、人も通らない、細い道を走っていた。出るとしたらクマくらいの、山を越える道だ。

なんだか体調が悪くなってきて、自転車を止めた。動悸が大きくなってきた。呼吸が荒い。手のしびれ。低血糖の症状かもしれない。測ってみると79。

危ない。一般に血糖値が70以下になると、手の震えから始まって、頭痛とか吐き気、目眩とかが出てきて、放っておくとそのまま昏睡状態になる。

自分で低血糖だと気づいたら、糖を補給しないといけない状態だ。急いで、ゼリー状のブドウ糖を補給した。

自転車をこいでるとめちゃめちゃエネルギーが使われるので、血糖値は下がりやすい。でも79だったので、そこまでひどい状態ではないはず。

しばらく休んでいると、動悸も治まってきて、血糖値も１０２になった。

よかった。安心して、また自転車をこぎ始めた。

しかし、なんだか体調が変だ。血糖を再び測る。１２５。

低血糖ではないのに、この体調。いったい何なんだ。低血糖ならもう一度ブドウ糖を摂取すればいいが、低血糖ではない。どうしたらいいのだろう。

不安になると、よけいに冷や汗が出て、動悸も激しくなり、手も痺れてきた。

やばいかもしれない。

周りに誰もいないこんな道で、もし倒れたら……。

本当に死んじゃう。どうしよう。

そういえば、１㎞くらい前にゲートがあり、その奥に建物が見えた。誰かがいるかもしれない。

ちょうど下りの坂道で、自転車にまたがってすーっと下りていけた。

そこは農業センターのようなところで、ゲートには「立入禁止」と看板があったが、電話番号が書かれていた。いつもの僕なら、立入禁止の場所に入ろうとは思わないが、もしかしたら、誰か人に会えるかもしれないという一縷の望みに賭けて電話をした。

「あのう、ゲートの所にいるんですけど、今日本一周していて、体調悪くなってしまって、申し訳ないけれど、少し休ませてくれませんか」

「ええ？」

相手がびっくりしているのが、電話の向こうから伝わってきた。それはそうだ。申し訳ない。

戸惑いつつ、「わかりました」と言ってくれた。

「敷地に入り、最初に見える建物のところに来てもらえますか。事業の関係で、中へは入れませんが、入り口で休んでもらうことはできるから」

本当にありがたい。よろよろと玄関に向かう。

玄関には電話を受けた人がいてくれて、大丈夫ですか?と、頭をのせるようにクッションみたいなものを貸してくれた。息も絶え絶えに横になる。

「どこから来たの?」

「新潟です」

「ええ?　新潟?　親御さんは知ってるの?」

「知ってます」

若い感じのその男性は、心配して声をかけてくれるが、僕はしゃべるのもきつかった。とにかく、どうしたらいいか、主治医に指示を仰ぐことにした。

主治医は全国の病院に紹介状を書いてくれただけでなく、途中で何かあったらすぐに電話するようにと、個人の携帯番号も教えてくれていた。

電話で状況を伝えた。

主治医には迷いがなかった。

「救急車を呼びましょう。いろいろ心配だと思うけど、まずは近くの病院で診てもらって、それから考えよう」

僕は救急車だけは避けたいという思いがあった。

この自転車日本一周が他人様に迷惑をかけるようなものにしたくなかった。

でも、主治医の言うことがもっともだとも思った。自分も死ぬのは怖かった。


センターの人が救急車を呼んでくれた。

その間、呼吸を落ち着かせるように深呼吸していたら、少しずつ落ち着いてきた。親御さんに連絡したほうがいいよと言われ、電話した。

20分後、救急車が到着。救急隊員の人に、病名、その日のインスリンは何時にどのくらい打ったかを説明した。話せるくらいには、だいぶ落ち着いてきていた。

30分くらいかけて、その朝、出発した町まで戻った。

救急車の中でだいぶ落ち着いてきた。

町立病院で血液検査や尿検査をしてもらったが、特に数値上の異常は見つからなかった。肝臓の機能、脱水症状、電解質も全然問題なかった。

医師には「高血糖が原因じゃないか？」と言われたが、病院での数値は258で、そこまでひどい症状が出るとは思えなかった。

発症時に救急車で運ばれたときの、ケトアシドーシスの症状にも似ているから、ケトン体が多いか聞いたら、それも普通の数値ということだった。


医師は最後にこう言った。

「高血糖状態がちょっと続いて、疲れと、あとちょっと睡眠不足とかが重なって、こういう症状が出たんじゃないかな。自転車で日本一周は、血糖値をもう少しコントロールできるようになってからにすべきなんじゃないか」

本当にその通りだ。

旅はここでやめるべきかもしれない。

8 心に温かいお湯が注がれた。軽トラのお父さんの厚意に泣く

旅はここでもう終わりかな。やめないといけないかな。

救急車で運ばれたことをSNSに投稿したら、バッシングは必至だ。

そうでなくても、出発する前から、いろいろ言われていた。

発症1年も満たないのに、血糖値もあまりコントロールできてないのに、倒れて周りに迷惑をかけたらどうするの？

そう言われていたことが、実際に起きてしまったのだ。


旅をやめるにしても、とにかく自転車は取りに行かないといけない。山の中の農業センターのゲートの前に置きっぱなしだった。荷物もすべて自転車に取り付

けてある。どうやってそこまで行こう…。

ふとズボンのポケットに手を突っ込んだら、1枚の紙きれに触れた。昨夜、ご飯をおごってくれたお父さんが、連絡先を書いて渡してくれた紙きれだ。


前日の6月12日のこと。僕は9日に函館を出発して北上し、この日の宿泊先となる八雲町のゲストハウスに向かっていた。

踏切で待っていたら、横に軽トラックが止まった。運転しているお父さんが、自転車の後ろにつけてある看板を見たのだろう、声をかけてきた。

「兄ちゃん、日本一周してるんか」

80歳前くらいだろうか。白髪にメガネの、やさしそうな感じの方だ。

「気まぐれな話だけども、近くの居酒屋にご招待しようかと思ってな。人に会うのが好きだからさ」

それは僕も同じだ。僕は「はい、行きます！」と、ついていった。

地元の魚のおいしい居酒屋で、久しぶりに日本酒も口にした。甘いホタテにキリッと辛めの酒がうまい！

お父さんは地元で鉄工所を経営しているそうだ。

「いい出会いだった。これでまた仕事頑張れるわ」と言ってくれた。

それは僕のセリフだ。ありがとうございます。

そして別れ際に、

「ここで会ったのも何かの縁だから、連絡先交換しようや」と言われ、僕はスマホを出しかけたが、お父さんは紙きれに電話番号を書いてくれたのだった。

その紙切れが、ポケットの底で僕の手に触れた。

あのお父さんに連絡したら、車で来てくれるかもしれない。

踏切で会ったとき、軽トラに乗っていた。あの荷台に自転車はちょうど乗るんじゃないか。

実はそんなよこしまな気持ちがあったことも否定できない。

実際の話、日本一周するには、時には図々しいくらいじゃないとやり遂げることはできない、ということも、折に触れて感じていて、本当に自分勝手で申し訳ないけど、電話してみることにした。

平日だから、仕事を途中でやめて来てもらうことになる、それもわかっていたけれど。

電話をした。

「昨晩、お世話になった本間ですけど……あのう、言いづらいんですけど、実は隣町の長万部の病院に救急車で運ばれてきて、山の中に置いてきた自転車を取りに行くことができず、助けてもらえませんか」

「え、体のほうは大丈夫なのか」

「はい、なんとか回復しました」

「今すぐに行くから待ってなさい」

お父さんにすがるしかなかったとはいえ、僕の身勝手で自分本位の頼みに、二つ返事で来てくれると言う。本当にありがたかった。

お礼を言って、2時間くらい待っていたら、迎えにきてくれた。

「ありがとうございます。実は自転車は山の中にあるんです」

さらに30分ほどかけて、山に向かう道を進み、農業センターまで行ってもらった。

僕は救急車を呼んでくれたお礼を言うために、玄関まで行った。一緒に来てくれたお父さんは、センターの人たちと知り合いだったようで、挨拶していた。

自転車をばらして車に積み込んだ。

僕は長万部に戻ってもらい、今後のことを考えるつもりだった。

このまま旅を続ける自信がなくなっていた。

それなのに、お父さんは、次に泊まるところまで乗せてってあげるよと言う。

「旅を頑張ってごらんよ。人生、何があるかわからない。こういうトラブルもあれば、それ以上にいいことがたくさんあるから、続けたほうがいいよ。次の所まで送ってやるから」

心のなかに温かいお湯が注がれた感じがした。人の温かさに触れた。

病気だとか、そういうこととは関係ない。

これまで、これほどの温かさに触れたことはなかったことに気づいた。


その夜泊まる予定をしていたのは、寿都町。そのセンターから山を越えて、北海道の西側の海辺の町に、夕方、無事に着いた。


「頑張れよ」

お父さんは固い握手をして、帰っていった。

自宅に戻るには、3時間くらいかかる。そんな場所まで送ってくれたのだ。

何度も何度も、僕はお礼を言った。


寿都町の海の向こうに、日が沈もうとしていた。

日の光が海に長く伸びて、水面にきらきらと光る。

「きれいな夕陽だな」

思わず言葉が漏れた。夕陽がきれいだなんて感じたこと、あっただろうか。

9　このまま旅を続けるか？　でも怖いものは怖い

夜、主治医に電話して、今回の反省と今後の対策を話し合った。

今回の症状は、おそらく基礎インスリンを半分にしていたせいではないか、という話だった。

実は、自転車でけっこう血糖値が下がるため、低血糖にならないように、2週間ほど前から、基礎インスリンを普段の半分にしていたのだ。

それに合わせて炭水化物の量も減らしていたため、エネルギー不足を起こしたのかもしれない。

今後は、しっかりインスリンを打って、しっかり炭水化物も食べて、エネルギーを作る。

自分の生活にインスリン量を合わせていこう。

また、これまでは毎日80キロこいできたが、今後は50キロまでにして、しっかり休みもとる。

そういう確認をして電話を終えた。

夜でもいつでも電話していいよと言ってくれている主治医の存在がなければ、この旅はできなかったことだ。

しかし、実際は、このまま進むのを恐れている自分もいた。

救急車を呼んだ、あのときのような山をまだ2つか3つ超えて行かなくてはならない。

人や車の通らない場所で、また同じ症状が出ないとも限らない。

八雲から車を飛ばしてきてくれたお父さんに、続けてごらんよと言われて、もうちょっと頑張ってみようかと思うが、怖いものは怖い。

10　バッシングの嵐にひたすら耐える

その晩、もう一つしなくてはいけないことがあった。

今日起きたことをSNSに投稿することだ。

もちろん、投稿せずに、黙っていることもできる。投稿したら、バッシングの嵐になるに決まっている。

でも、いろんな人から応援してもらっているし、クラウドファンディングの支援もある。

お父さんにも助けてもらった。

これを隠すのは、何か違うんじゃないかという思いがあった。

起きたことを体験談としてすべてをさらけ出す。

失敗であってもすべてさらけ出すことが、発症したばかりの自分だからこそできることだ。

今まで、いろいろなＳＮＳを見てきて、役に立つことも共感を覚えることもたくさんあったが、その反面、つらくなることも多かった。

まるで病気ではないみたいに、充実した生活を送っている様子は、血糖値の上がり下がりに右往左往している僕の今の状況では、キラキラまぶしすぎた。

病気は個性と言われても、そんな心境になれない自分がいた。

同じように感じる人に勇気を与えるには、包み隠さず体験すべてを伝えることが必要じゃないか。

成功体験は他にたくさんいるすごい人に任せて、自分はありのまま、失敗もそのままリアルに発信しよう。

僕にできることは多くないので、すべて発信しようと思った。

案の定、バッシングはたくさん来た。
・勝手に自分がやりたいことをやってるのに、公共サービスの世話になるなんて。
・救急車を本当に必要としている人に迷惑な話だ。
というようなコメントが多かった。

その通りです。
返す言葉もありません。
でも、それを見ていると、自分のメンタルが持たなくなるので、全部消してしまった。ごめんなさい。

いいコメントだけを拾って読んで、自分を奮い立たせた。
・それでも応援してます。
・その救急車の使い方は間違っていませんよ（救急隊員から）。

応援コメントだけを胸に刻んだ。

札幌の患者交流イベントの日が6月19日に決まっている。
参加するために、仕事を休む予定の人もいる。
イベントを楽しみに毎日頑張ってます、という人もいる。
とりあえず、札幌までは行こう。
くじけそうになる気持ちを振り払って、翌日も自転車をこいだ。

そんなSNSを心配し、岩内町まで迎えに来てくれるというフォロワーさんが連絡をくれた。
twitter（当時。現在はX）で知り合った患者さん、格闘家のレッドドラゴンさんだ。

11　レッドドラゴンさんが迎えにきてくれた！　感謝しかない

寿都町から岩内町まで40キロほど、自転車をこいでいった。

左が海、右手が山の細い道が1本しかなく、そこをでかいトラックがビュンビュン通る。

そして長いトンネルが続く。刀掛トンネル2・7キロ、弁慶トンネル1キロ、そして雷電トンネル3・6キロ。長い。しかも狭くて、暗くて、歩道がない。

ちょっとした段差はあるが、それがとても狭くて、人の肩幅くらいしかない。

僕の自転車は両側に荷物を付けているので、その細い段差はぎりぎりの幅だ。

ちょっと壁側に寄ると荷物が壁に当たって、その反動で車道側に飛び出しちゃう。

水産物を運ぶ大きなトラックがすぐ脇を通るたびに、風圧でぐらぐらとなる。

持っていた光る反射板すべて身に付けて、ディズニーのエレクトリカルパレードみたいな状態で、「トラックさん、僕がいますよー」とアピールした。

しかも、前日、救急車で運ばれたばかりの体調だ。

自分に「集中、集中」と言い聞かせて走った。

途中で、自転車の前側のライトが切れて、スマホを括りつけて、ライト代わりにした。


岩内町に着いて、レッドドラゴンさんに会ったときは、本当にうれしかった。

この旅で患者さんにはまだあまり会ってなくて、twitter でもともと知っていた患者さんと会ったのは、今回がはじめてだ。

「わーっ、はじめましてーっ」とテンション全開。

人としゃべれる、孤独じゃない、そんな安心感に満たされた。

しかも、岩内から札幌まで、車で連れていってくれるというのだ。ありがたい。

レッドドラゴンさんは格闘家なだけにすごい筋肉だ。

車のなかでいろいろ話した。

小学2年生で発症、病歴40年だ。

昔の注射は針が太くて、ほんとに痛かった。病院の食事は特別食、それも名ばかりで、米がやたら多くてつらかった。僕の場合は、量が少なすぎてつらかったけど。

小さいときの偏見もひどかったそうだ。

誰かのお父さんが糖尿病になると、「おまえが移したんだろ」と言われたとか。

他の人からも思春期特有の悩みとして聞いたことがあるが、人に病気のことを言うのが恥ずかしくて注射をやめてしまったり、友達と一緒に外食できなかったりとか。

思春期を通ってきたレッドドラゴンさんは、僕とは見えるものが違うと感じた。

通り道だから、小樽を観光しようと誘ってくれた。自転車でがむしゃらに進んできた僕にとって、心のゆとりを感じる時間となった。

食事の前には、揃って注射を打つ。その後、歩いていても、僕は血糖値がけっこう気になって数値を見るけど、レッドドラゴンさんは、「いや、俺気にしてないんだよね。全然気にしてないの」と、さらりと言う。

すごい。病歴の長さがなせる技なのかもしれない。

本当の意味で感謝を感じるようになったのは、この頃からかもしれない。

人と会えたことに、生きていることに、応援してくれることに、同じ病気の人が迎えに来てくれたことに、すべてに感謝の気持ちが湧いた。

それまで、正直僕は苦労をしてこなかった。確かにつらくはあったけど、やっていることといえば、家にいて、動画をとって、投稿していただけだった。

雨が降っても自転車をこいで、救急車で運ばれて、バッシングを受けながらもその次の日には暗いトンネルを走って、ということを経験して、感謝の気持ちだけでなく、考え方が変化していくのを感じた。

12　初の患者交流会で旅を続ける勇気をもらった

札幌で、患者交流会を開催した。参加者は25名。

僕がその日にちを設定し、リーダーになってくれる方をＳＮＳで募ったら、手をあげてくれる人が現れて、会場を決めてくれた。

そして、僕が「この日に交流会をしますから、ぜひご参加ください」とＳＮＳで告知する。

ちなみに、交流会後の懇親会もセッティングしてくれた。本当にありがたい。

僕はみんなと「はじめまして」だが、みんなもお互い「はじめまして」だそうだ。

発症年数が長くても、同じ病気の人に会う機会はあまりないと聞いて、僕は驚いた。衝撃だった。

病院ごとの小さな患者会はあっても、僕みたいにSNSを使って呼びかける交流会というのは今まであまりなかったようなのだ。

全員に自己紹介してもらって、最後に僕が話した。

「こんなにたくさんの方に集まっていただけるとは思っていなかったです。僕は5、6人だと思ってたので、お菓子も3袋しか買ってきてなくて……低血糖になりそうだったらぜひ食べてください。

僕は新潟から全国をまわってて、札幌がはじめてのイベントです。

今回の場は皆さんが主役だと思ってます。

一生この病気っていうのは、僕たちみんな、すごく感じてるところだと思うんですけど、今日が仲間と一緒に同じ札幌で過ごしていける最初の1日になるようなな、そんなきっかけになればなと思ってるので、これからも、ちょくちょく、こういうイベントをしてください。僕も今度は自転車じゃなくて飛行機で来ようと思ってます。

今回の旅で思うのは、この病気になってなかったら、こんなに感謝することも多分なかったですし、こういう気持ちに気づくこともなかったので、そういう意味では僕はこの病気になって、ちょっとよかったなって、少しずつですけど、思い始めたところです。

とはいえ、僕の今の血糖値は270なので、全然コントロールできてませんが(笑)。

ぜひ、ここで縁をつないでいただけたらと思います」

その後はフリートーク。それぞれ、話したい人と話す形式にした。

会場で男の子と出会った。同じ病気の子どもと会ったのは、はじめてだった。YouTubeが大好きでよく見るそうで、僕の動画もそういうなかで見つけてくれたようだ。

「たいき君と会えるの、すごく楽しみにしてた!」

と、目をキラキラさせて話しかけてきた。

「はじめまして。何歳？」

「10歳。小学5年です」

「いつ病気になったの？」

「半年前です」

発症半年。僕はすごいなと思った。

僕は、半年くらいの頃が一番つらかった。まさに引きこもっていた時期だったから。

こんなに笑顔で、外に出てきて、おしゃべりもできて、強い子だなと思った。

「低血糖になったことある？」

「この前学校で遠足に行って7キロ歩いて、車で帰るときに測ったら、53になってた。運動したら血糖値が減るんだってわかった」

「すごいね。そうやってね、自分で測ってちゃんと把握できるのはすごいことだよ。なんて、僕もまだ1年しかたってなくて、まだまだなんだけどね」

子どもは低血糖の初期症状を自分で感じにくいから、走りまわってる間に血糖値が40くらいまで下がっていた、なんてことがあるらしい。親御さんも気が気じゃないと思う。

あとで彼のお父さんが耳打ちしてきた。

「実は発症してからずっと小学校に行けてなくて」

「自殺してやる」と言いながら、毎日注射をしているそうだ。

「こんな笑顔を見たのは久しぶりなんですよ」

横で、お母さんが涙を拭いていた。

会場には、ほかに小学校6年、4年、3年の子どもたちも来ていた。

写真を撮り合って、子どもたち同士、友達になっている。お茶菓子の大福を食べるために、自分で注射を打っていた。

「はじめて、同じ病気の人に会いました。本当にありがとう」

と、発症20年、30年の人から言われた。

この札幌の患者交流会はその後も続いている。リーダーが次の日時と場所を決めて、みんなに連絡している。

僕が山梨にいたとき、2回目をやると言うので、ｚｏｏｍで参加した。

救急車のお世話にもなり、ネットの中傷もあったし、毎日自転車をこぐことは並大抵のことではなかったから、もうやめようと何度も本気で思った。

札幌まで来たら、ここで終わりにしてもいいかなという気持ちも、なくはなかった。

でも、同じ病気の人が待っていてくれて、同じ病気の子どもたちやそのご両親と話して、ここにたどり着いたことの意味を感じた。

こういう人たちのために、旅を続けようと思った。何があっても、せめてもう一つ先の交流会までは頑張ってたどり着こうと思った。

この気持ちで、日本一周できたのだった。

13 暑さにやられそうになりながらも一人旅は続く

毎月、診察をしてもらいながらの自転車の旅は続いた。

早い時期に救急車に運ばれたことで、血糖値のコントロールや1日の走行距離を見直した。

こうやって、その場その場の状況に応じて、自分の体に合った自転車の旅を作りあげていった。

しかし、自転車をこぎ続けるというのは、いつまでも慣れない、大変な作業だった。

しかも、季節が夏に向かい、暑さや熱中症との闘いも出てきた。

7月後半、ぼくは神奈川県の厚木から小田原に向かっていた。

天気予報では35℃を超えると言っていた。不要不急の外出は避けるようにと注意喚起される猛暑の日だった。

向かう先は、インスタでつながっているDさん。小田原に住んでいて、泊めてくれるというので、向かっているところだった。

しかし、入り組んだ坂道でなかなか進まない。

その前の1週間は、東京に住む姉の家に滞在していたので、体がなまってしまったのもあるようだ。

それでも、日程通りにと思って、がんばってこいでいた。

暑い。とにかく暑すぎる。どれだけ水を飲んでも、全身を冷やさないと熱中症を避けられないくらい暑い。

コンビニを見つけたら、とりあえず入って体の熱を下げる。そしてまた自転車をこぎ始める。しかし、30分くらいで目眩と手の痺れ、頭痛が出てきて、またふらふらしてきた。完全に暑さにやられたようだ。

大型ショッピングモールを見つけ、サイゼリヤで食事をした。1時間ほどいるうちに、体は落ち着いてきたが、Dさんとの約束の時間には着けそうもない。遅れることを連絡すると、

「じゃ、迎えにいくよ。こんな暑いなか、危ないよ」

と言ってくれる。

ほんとにありがたい。

と同時に、本当は、がんばって、がんばって、自分の足でDさんに会いたいという思いもある。

Dさんは、大人になってから発症した人で、患者歴は僕の3年先輩だ。ランニングする姿をインスタによくあげていた。

病気でも運動するのはカッコいいなと思って、彼とつながった。僕のこの自転車日本一周にかける思いを知ってくれている。

そのDさんにはじめて会うのだから、やはり自分の力でたどり着きたい。

暑すぎて、頼りたいという気持ちに傾きそうになる自分を抑えて、

「自分の足でこいでいってDさんに会いたいので、ちょっと遅くなりますけど、待っててください」

と伝えた。

電話を切ってから、大きなため息をついた。

自分の甘えや弱さをため息で全部吐き切って、頑張ってこぎ出した。

その日は、いろいろな人に声をかけられた。

「頑張って」

「私も同じ病気です」

「自分も病気でヘルプマーク付けてるので尊敬します」と飲みものをくれた人もいた。

信号待ちしていたら、隣に止まった車の人が声をかけてきて、少し先の、車が

止まれる場所でちょっと話した。

木陰で休んでいる僕に声をかけた人は、

「道路で見かけたので、コンビニにきっと来るだろうと思って待っていたけど、なかなか来ないから戻ってきたよ」

と言った。

わざわざ、戻ってきてくれたのだ。


こういう人たちのおかげで、暑いなか、なんとかDさんとの待ち合わせ場所に着いた。

「やっと、着きましたよ。お待たせしました。暑すぎました」

「いやあ、お疲れ。自分の足で行くって言ったとき、感動したよ」

「いやあ、ほんと会いたかったです」

そんな言葉を交わした。

Dさんは、すらっとした体型のイケおじタイプ。さすがランナーのふくらはぎはすごい。メロンみたいにしっかり筋肉がついている。

そこから車に乗せてもらい、Dさん宅に移動。お子さんも一緒にベランダでバーベキューをした。

翌日は箱根の温泉に連れていってくれて、その後、箱根の山を越えるのは大変だろうからと、沼津まで送ってくれた。

一人旅だから、誰かと触れ合えるのが、心の底からうれしい。

また、一人の時間が長いということは、考える時間があるということでもある。

今回の旅の意味、つながった患者さんのこと、自分のこれから、いろいろなことを考えた。

僕一人では、行く先々で交流会を行うことはできない。

何日に交流会を開催したいので、誰か手伝ってくださいとSNS上で募集すると、手をあげてくれる人が必ずいて、場所の設定を手伝ってくれる。

日時と場所が決まると、僕がホームページやtwitterで、参加を呼びかける。

フォロワーさんや、テレビや新聞などで僕のプロジェクトを知った人など、同じ病気の方々が参加してくれた。

そして、ほとんどの人が、こういう患者交流会にはじめて参加すると言った。

情報交換ができた、気持ちをわかってくれる人と話ができた、などと喜んでくれた。

そして、今後も交流を続けましょうと、盛り上がった。

僕はそのきっかけを作ることができて、そういう貢献ができたことがとてもうれしかった。

暑さのなか、自転車をこいで次の場所に向かうのは、本当につらかったけれど、こうした患者さんたちに会うことを頭に描いて、次の交流会へと一つ一つ進んでいった。

14 「イヤイヤ！」子どもの笑顔の裏に隠された闘病の現実

香川県で出会った家族が、僕の心に深く刻まれている。

きっかけは、あるご家庭からの「お昼でも一緒に食べませんか？」というお誘いだった。小さな2歳の男の子が1型糖尿病患者だと聞き、どんな日常を送っているのか気になり、伺うことにした。

これまでも1型糖尿病の子どもを抱える親御さんの話は、SNSのメッセージや交流会でたくさん耳にしてきたが、実際にその家庭にお邪魔するのははじめてのことだった。

玄関をくぐると、元気に玩具で遊んでいる男の子の姿が目に飛び込んできた。

その無邪気さに、ほんの少しだけ病気を忘れてしまいそうになったが、食事の時間が近づくと、その状況は一変した。

「イヤイヤイヤ！」

お母さんが準備を始めると、男の子は何かを察したのか、体を大きく反らせて声を張り上げた。

注射の準備を進めるお母さんに対して、全力で抵抗するその姿を見て、僕は胸が痛くなった。2歳といえば、病気がなくてもただでさえ大変な年齢だ。それに加えて、毎日のインスリン注射。どれだけ苦労されているのだろう。

「ちょっとテレビをつけてみるね」

お母さんがそう言い、リモコンを手に取った。

画面に映し出されたアンパンマンに男の子の目が釘付けになった瞬間、お母さんはその子のお腹にすばやく注射を済ませた。その手際の良さに感心すると同時に、それが日々の努力の積み重ねの結果であることを感じた。

その後、お母さんがポツリポツリと話し始めた。

発症してからの3か月間、幼稚園への入園すら諦めざるを得なかったこと。毎食時の注射や緊急の低血糖対応のために、都度自分が園に通うのは現実的ではなく、働きに出ることなど到底できない状況だということ。夜も血糖値の変動が激しく、まともに眠れない日々が続いていること。

そんな話を聞いているうちに、僕のなかにあった「大変だろうな」という漠然とした想像が、リアルで重い現実として押し寄せてきた。

「ノイローゼにもなりますよね、毎日ですからね」

お母さんが冗談交じりに話すその表情を見て、僕は何も言えなくなった。

15 「お母さんはわかってくれない」――患者を支える側の葛藤

同じような悩みを抱えるお母さんに、姫路でも出会った。

彼女は、１型糖尿病を持つ小学生の息子さんを育てていた。朝、なかなか起きてこない息子さんに、

「それって甘えじゃないん！」

と怒鳴ってしまったことがあったという。

そのとき息子さんから返ってきた言葉は、

「やっぱりお母さんはわかってくれないんだ！　こんなにキツいのに！」

だったそうだ。

その一言にショックを受け、それ以降は何も言えなくなってしまったと語る彼女の目には、涙が浮かんでいた。

「自分が患者じゃない分、どれだけつらいのかがわからない。それが本当に苦しい」と話す彼女の姿を見て、僕は胸が締め付けられる思いだった。

彼女が続けた言葉が、特に印象に残っている。

「こんなに子どもがつらそうにしているのに、なんて私は無力なんだろうって。何もできていないんじゃないかって不安になる」

その声には、自分を責める気持ちが痛いほど詰まっていた。

患者はその病気や周囲への不満をストレートにぶつけられるかもしれない。

しかし、パートナーや家族は違う。彼らはそのストレスや怒りを患者に向けることができず、抱え込むしかない。

だからこそ、家族の苦しみは見えづらいけれど、実はもっと深いのかもしれないと気づいた。

僕もかつては、自分の抱えきれない感情を周囲にぶつけたことがある。「なんで自分が？」「誰もわかってくれない」と孤独に苛まれ、人を遠ざけてしまった。

それでも、香川や姫路で出会った家族たちの姿を見て、僕の心境は少しずつ変わり始めた。

彼らが抱える葛藤を、僕自身の経験に重ね合わせることで、患者に寄り添うなかで重要な「たった一つのこと」に気づいたのは、もう少し先の話だ。

16　1型糖尿病患者のヒーロー、岩田稔さんのこと

1型糖尿病になって、自分の病気について調べたり、SNSを覗いたりしているうちに、同じ病気の有名人がいることに気づいた。

有名人という言い方は失礼かもしれないが、名が知られていて、世の中に影響力があるという意味だ。

そのなかで、僕が一番尊敬する、僕のヒーローとも言える人は、阪神タイガースの投手だった岩田稔さんだ。

岩田さんは、大阪桐蔭高校で2年生秋からエースで活躍しているときに、1型糖尿病を発症した。

高校卒業後の進路として決まっていた社会人チームへの内定は、病気を理由に取り消されたが、推薦入試で関西大学に入学。大学での活躍が認められ、2005年の大学・社会人ドラフト会議で希望枠での阪神タイガース入団。1年目から一軍デビュー。2009年からは1型糖尿病患者・家族の支援団体「日本IDDMネットワーク」を通じ、1勝につき10万円を「1型糖尿病研究基金」に寄付。また「岩田稔基金」を設立し同病根治を目的とした研究助成のために寄付を行っている。2021年シーズンまで16年の現役生活を送った。引退後も1型糖尿病の根治に向けた啓発活動を続けている。

（岩田稔氏のオフィシャルサイトより抜粋　https://mifdm.com/profile/）

大阪の交流会である患者さんから聞いた話だ。

自分の病気もあり、コロナ禍もあって、なかなか職場復帰できなかったので、転職を考えた。就職の面接で、病名だけを伝えたのでは相手にわかってもらえず、病気自体の説明から始めないとならないのが通常だ。偏見から、希望の就職がむずかしいという話も聞いたことがある。

しかし、大阪では、1型糖尿病と言うと、「あ、岩田さんの病気ね」という反応が返ってくるという。大阪では誰でも知っている病気なのだ。ネガティブな反応もない。

大阪の交流会でその話を聞いたとき、岩田さんの影響力のすごさに感動した。岩田さんがどう世の中を変えてきたか。本当のヒーローだと感じた。

それ以後、僕もそういう人生を歩みたいと思い始めた。

病気ってすごいとも思う。

同じ病気だというだけで、みんながつながる。どんな有名人でも、どんなスポーツ選手でも、どんな普通の人でも、高校生でも子どもでも、1型糖尿病という同じ病気というだけで全国どこでもつながって、友達以上の関係になれるのだ。

17　5か月間の日本一周の旅、ついにゴール!!

11月3日、新潟に帰ってきた。

6月1日に出発して、約5か月間の日本一周の旅から帰ってきた。

到着予定時刻をみんなに伝えてあったので、それに遅れてはいけないと、ちょっと焦ったが、無事到着。

バルーンのゲートが用意されてあって、そこをくぐって旅は終わった。

迎えてくれたのは、地元の友人知人だけでなく、なんとそこには、札幌の交流会で会った、小学5年生の男の子も両親と一緒に駆けつけてくれていた。

その夜の打ち上げにも参加した彼は、まだ学校には行かれていないそうだったが、こう言ってくれた。

「交流会のときに太希さんが、『俺たちは注射を打ってるんだから、それで十分だよ』と言ってくれたことが、うれしかったです。同じ病気の仲間に会えて、励みになりました」

彼の言葉が、僕の5か月にわたる旅を総括してくれた。

今回の旅の目的として、僕は2つのことを掲げていた。

・1型糖尿病を知ってもらい、偏見をなくしたい。
・孤独を感じている患者さんに、つながりのきっかけを作りたい。

どれだけの人に届いたかわからないが、一人で病気を抱えている患者さんはまだまだたくさんいるはずだと思う。

自転車の日本一周旅行の結果

156日間（6月1日～11月3日）

つながった1型糖尿病の患者さん　425名

つながった2型糖尿病の患者さん　102名

つながった医師　26名

開催した交流会の数　32回

6月19日	札幌市（北海道）　糖尿病交流会	25名
6月22日	仙台市（宮城県）　食事会	9名
7月1日	水戸市（茨城県）　交流会＆食事会	14名
7月4日	宇都宮市（栃木県）　交流会＆食事会	10名
7月6日	前橋市（群馬県）　交流会＆食事会	14名
7月8日	さいたま市（埼玉県）　交流会＆食事会	25名
7月15日	千葉市（千葉県）　交流会＆食事会	26名
7月16日	新宿区（東京都）　交流会＆食事会	39名
7月18日	甲府市（山梨県）　お茶会	6名
7月22日	横浜市（神奈川県）　交流会＆食事会	12名
7月27日	静岡市（静岡県）　交流会＆食事会	13名
7月30日	横浜市（神奈川県）　オフ会	46名
8月1日	豊橋市（愛知県）　食事会	11名
8月4日	名古屋市（愛知県）交流イベント	45名
(CENTREの店長中村さんも同じ病気で、快く使わせてくれた)		
8月5日	岐阜市（岐阜県）　交流会＆食事会	17名
8月11日	大阪市（大阪府）　交流イベントin関西	64名

8月23日	徳島市（徳島県）	食事会	12名
8月26日	高松市（香川県）	オフ会	12名
9月7日	福岡市（福岡県）	オフ会	17名
9月10日	佐賀市（佐賀県）	オフ会	13名
9月13日	熊本市（熊本県）	トークイベント	20名
9月19日	鹿児島市（鹿児島県）	オフ会	20名
9月23日	宮崎市（宮崎県）	オフ会	10名
9月29日	広島市（広島県）	オフ会	6名
10月2日	山口市（山口県）	講演会（JAIFA山口県協会）	
10月5日	岡山市（岡山県）	オフ会	13名
10月7日	姫路市（兵庫県）	オフ会	31名
10月14日	大阪市（大阪府）	第2回糖尿病オフ会	30名
10月15日	周南市（山口県）	講演会（ライオンズクラブ国際協会）	
10月20日	福井市（福井県）	オフ会	6名
10月22日	金沢市（石川県）	オフ会	13名
10月24日	富山市（富山県）	オフ会	6名
10月28日	長野市（長野県）	バスケ観戦＆懇親会	20名
11月3日	新潟市（新潟県）	ゴールイベント	20名

18 応援してくれたみんなに感謝の気持ちを伝えたくて

自転車で日本一周を達成できたのも、全国でたくさんの患者さんに会えたのも、すべてはいろいろな形で僕を応援してくれた方々のおかげだ。

そんな感謝の気持ちを伝えたくて、「TUNAG note」を作った。旅の途中で出会った患者さんや家族の方々に書いていただいた「患者の声」をまとめて冊子にしたものだ。

クラウドファンディングのリターンのメインにさせていただいたものだが、今読み返してもジーンとするものばかりで、この本の読者の方にもぜひ読んでもらいたくて「WEB版つなぐノート」をプレゼントしたい。

人との出会いで学んだたくさんの思いを共有できたらうれしい。

Web 版つなぐノートより

①

はまさん　急性発症一型糖尿病　1か月

● 発症時のきもち

いつの頃からか、多飲・多尿、体重減少といった症状が出ていました。

2023年4月に腹痛と血尿で総合病院泌尿器科へ。

尿糖＋4なので専門医受診を勧められました。

（多分、その時血糖値500以上あったはず）

しばらくの間、自己流糖質制限トライしてみるも、効果不明。

ようやく糖尿病内科へ。

7月5日に、急性発症●1型糖尿病と診断。その日から
グラルギンとリスプロ注射開始しました。

病名を告げられた時は、「は？え？私が？えええー！」

いわゆる2型糖尿病だと思っていたので、ただただびっくりでした。　お子さん、若い人の病気だと思っていたので
「こんなおばさんでも、かかるんですか？」と先生に質問したりと、かなり動揺してました。

クリニックから帰る時、頭がふわふわして、変な気持ちになっていた事をおぼえています。

ニックネーム/病名/発症年数

マモリコモリ　/一型糖尿病の娘の父　/1年未満
（2023.7.4）

発症時の気持ち

・うそでしょ？
・なんで俺たちが？
・変わってあげたい

どうやって乗り越えた？

・乗り越えられてはいないです。
・インスリン、血糖測定の際、シールを渡しがんばったねカレンダーを作成している。
・温泉、旅行など、めちゃくちゃ行く。（病気にならなかったら行ってなかった）

悩み・最近会った嬉しいこと

悩み：2年後の小学校での生活、周りへの伝え方、正しい知識が社会に認識されていない。
嬉しいこと：明るく生活できていること。インスリンに慣れてきたこと。
血糖測定を自分でできるようになったこと。

次読む人に一言

病気を理由に何事も諦めて欲しくないです。できない理由を見つけるのは簡単です。できるために考えましょう。これは病気関係ないです。周りの誰よりも幸せになる！と強い意思をもって欲しい。

ひねくれるのは絶対ダメ！病気になる前から一緒です

○ニックネーム／病名／発症年数

・マモリコモリ／一型糖尿病／3カ月、4才11カ月

○発症時の気持ち

・うそでしょ。代わってあげたい。
・アメリカとか行けば、治るんでしょ

○どうやって乗り越えた

・乗り越えられたとは言えませんかね。
・インスリン、血糖測定がんばったねシールを貼っている
・病気になる前より、もっと楽しい事をしようと考えている。

○悩み・嬉しかったこと

外食時にもインスリンをすることが嫌だが、偶然幼稚園の友達と会ってしまった。その時、インスリンを隠してしまった。

○次に読む人へ

病気のせいで何事もあきらめないで下さい。
~~[illegible]~~、できない理由、いいわけを考えるより
できるにはどうするかを考えて欲しい。娘にも伝えています

Web 版つなぐノート

Chapter 4

人のために何かを
― 次の目標に向かって

1　自分の心のなかで「病気」がどんどん小さくなってきた

自転車で出発する前と終わってからの自分を比べると、すごく強くなったような気がする。

出発前は、低血糖になるのがとにかく怖くて、ずっと血糖値を測っていて、ちょっとでも下がり気味になると、やばいやばいとしか考えられず、それなら高いほうがいいやと、高血糖の自分に少し安心していた。

また、病気について人から何か言われると、敏感に反応していた。

常に、病気のことばかり考え、病気に自分が振り回されていた。

しかし、日本一周の間には、もっと危険なことが身近に起きた。

熱中症で意識がもうろうとした。

誰も通らない山道で動悸が激しくなり、やっとのことで人のいる場所にたどり着き、救急車で運ばれた。

長いトンネルの恐怖も、大雨のなかでなすすべもない経験もした。

1型糖尿病でずっと注射を打つ生活が一生続くなんて、このままだったら死んだほうがましとか、こんな人生は生きる意味がないとか思っていたのに、実際に死を間近にしたら、心の底から「生きたい」と思った。

とにかく生きてるだけでいいやと思った。

自転車の旅は、想像以上に孤独だった。

自転車を7、8時間ずっとこいで、誰もいない所をずっと走って、ここで何かあったらどうなるんだと、動悸が出だすとかなり不安にもなった。

極限状態だった。

誰かから声をかけられるだけで、すごくうれしかった。

車から「頑張れよ」とか言われるだけで、めっちゃうれしかった。

しかも、同じ病気の人が待っててくれたり、会ってくれたりするうれしさは、何と言ったらいいのだろう、もうこれだけでいいじゃんって思った。

SNSでなんか変なこと言われようと、病気のことをわかってないみたいに言われようとも、別にかまわない、もうこれだけでいいじゃんという気持ちになった。

実際に自分の足で同じ患者さんに会いにいって、「おお、お疲れ」「よく来たね」って迎えられて、久しぶりに人としゃべる。

これだけでいいじゃんって思った。

これが僕にとっての幸せなんだと、本当に心から思った。

そういうことを考えていたら、自分のなかで病気というものが、だんだん小さくなってきた。

病気しか考えられなかったのに、これからやりたいことをいろいろ考えている自分に気づいた。

「もっとこれをやりたいな」

「またここ行きたいな」

「これ食べたいな」

「次は何しようかな」

「やりたいことといっぱいあるけど時間ないなあ」

心を大きく占めていた病気の部分が、どんどんどんどん小さくなってきた。

もちろん、小さくなっても消えることはないし、自分のなかで軸となってる大事な部分という意味では変わりはない。

この病気がなかったら、そういうことにも気づけなかった。

病気を中心にしたうえで他のことを考えていたというのが正しいかもしれない。

糖尿病で注射を打つということが中心にあるから、物事を考えるのに人と比べることなく、楽しさを自分の物差しで決められるし、その楽しさは当たり前じゃないことも知っている。

糖尿病になってよかったと感じる日が来るとは思いもしなかったけれど、自転車日本一周をしてみて、そう思っている自分がいた。

自転車で長時間走っていると、考える時間はたくさんあるので、「生きる」ということについても考えた。

人間は必ず死ぬ。

祖母もこの前亡くなった。

今回の日本一周の旅で出会い、また会いましょうと約束していた方の訃報を受けたこともある。

人間いつ死ぬかわからない。

僕は急に膵臓の病気になったことで、逆に他の臓器が健康に動いてるのは奇跡なんだと感じるようになった。

病気ではなく、事故で手や足を失うことだってありうる。

それどころか、世界には食べられない人がいて、戦争をしている地域もある。

考え出すと切りがなく、何もできなくなる。

そもそも、まず自分を満たさないと、人のことを気にかけても、何もできないんだなと感じるようになった。

僕は最初この病気の他の人のために何かできないかと思って、ＳＮＳとかを始めたけれど、それがすごくストレスになって、精神的にも身体的にも影響が強く出て倒れてしまった。

まず、自分を満たして、自分を大事にしてあげる。その余裕が、他者を思いやるきっかけにきっとなる。

これから、そうやって生きていこう。

2　過去の自分と向き合った瞬間

日本一周中に出会った患者さんから、こんな悩みを打ち明けられた。

「5か月前に1型糖尿病を発症したばかりで、周りに理解してくれる人がいなくてつらいです。低血糖が怖くて仕事もろくにできなくて…って周りに話しても、『ブドウ糖持ち歩いてないの?』とか『そのうち慣れれば普通の生活になるよ』って。そういうこと言ってるんじゃないのに」

まるで「1年前の自分を見ているようだ」と思った。

僕も発症して間もない頃は、同じような孤独や絶望を抱えていた。

低血糖の恐怖と、糖尿病への無理解に押しつぶされそうになりながら、それでも誰にも助けを求められない。心配してくれる人の声でさえ、「軽々しく言わないでほしい」と突っぱねてしまう日々だった。

「慣れるって、いったい何なんだ？」

そんな問いが頭のなかで渦巻き、前向きになれない自分が嫌でたまらなかった。

やがて、周囲の人も僕から離れていった。

振り返ってみれば、彼らはきっと僕を支えたい一心で声をかけてくれたのだろう。それを突き放してしまったことを、今になって後悔する。

「どうすれば、この人の悩みを少しでも解決してあげられるだろう？」

そんなことを考えながらも、実際には合理的な解決策を語る気にはなれなかった。というより、それが今の彼には響かないことが痛いほどわかっていたからだ。

僕もかつてはどんなに正しい意見も心に届かなかった。

そんな自分の過去を思い出し、僕ができることはただ一つだと思った。

「わかる、めっちゃわかる」

僕はそれだけを繰り返しながら、彼の話に耳を傾けた。

どんな言葉が続いても遮らず、ただ聞く。自分にはそれしかできなかったけれど、彼は最後に涙を浮かべながら言ってくれた。

「今日来て、本当によかったです。同じつらさをわかってくれる人がいるって知れただけで、少し心が軽くなった気がします」

そのとき、僕のなかで何かが腑に落ちた感覚があった。

僕は彼に解決策やアドバイスを与えたわけではない。だけど、共感することで、彼自身に小さな希望を見出すきっかけを作ることができたのかもしれない。

１型糖尿病という病気を抱えるなかで、誰もが一度は、「自分だけが苦しんでいる」と思い込むのだ。

そんなときに必要なのは、的確なアドバイスなどではなく、「その気持ち、わかるよ」と寄り添う言葉なのだと気づいた瞬間だった。

3　大切なのは離れないでいてあげること

日本一周中に出会った患者さんは、1型糖尿病を発症して間もない人も多かった。そんな患者さんの悩みを聞くたびに過去の自分が重なり、発症当時に突っぱねて離れていった人たちのことを思い出す。

今になって、彼らに対して「悪いことしたな」と、心から申し訳ない気持ちが湧き上がってくる。

しかし、そんなことを考え続けているうちに、もう一つ大事なことに、ふと気づく。それでも離れず、自分のそばにいてくれた人たちの存在だ。

病気を発症してからこれまで、親がいなければどうなっていただろう？

考えるだけで恐ろしい。支えてくれる人がいなければ、当時の絶望を乗り越える時間すら持てなかっただろう。

引きこもっていた時期に、断っても、断っても、毎回外に連れ出してくれようと誘ってくれる友人がいなければ、きっと今でも家に引きこもっていただろう。

そんな人たちが離れないでいてくれたからこそ、僕は今もこうして生きている。

そして、日本一周を終えた今、やっとそのことに自分で気づくことができた。

解決なんてそんな簡単にできるものではないと思う。

だからこそ、いつか乗り越えられるときが来るまで、離れないでいてあげることが一番大切なんじゃないかと思う。

友人や家族からしたら、つらい言葉を投げられたり、理不尽に当たられたり、そのときには思いが伝わらないかもしれないが、そんなつらい気持ちを言葉にできるのも、そばにいてくれる人がいるからこそだと思ってほしい。

「日本一周中に会いましょう！」

そう話していた患者さんのなかで、会いにいく前に自分で命を絶ってしまった方がいた。どこまで考えても原因はわからないが、孤独でつらく苦しんでいたところもあったのだと思う。

もしも乗り越えるまでの時間を近くで支え、寄り添ってあげられる人が周りにいたら、何か変わっていたんじゃないだろうかと考えてしまう。

精神的な痛みを、身体的な痛みと一緒くたに解決しようとするのではなく、そういった苦悩を抱えている人の痛みや嘆きを理解し、受け止め、「離れないでいてあげる」ことが大切なのだと思う。

離れないでいる。

これがＳＮＳで発信し続けることにつながっている。

僕が発信し続けることで、誰かの心の支えになれることを信じて。

4　病気の痛みと心の痛みに寄り添う医療従事者の思いを

医療技術は日々進化している。

インスリンポンプや持続血糖測定器（ＣＧＭ）のようなデバイスが登場し、血糖管理の負担は昔に比べて軽減されてきた。

低血糖や高血糖に対する指導法や予防策も進み、患者の生活の質は確実に向上している。

こうした技術的な進歩は、肉体的な痛みや不便さを和らげる大きな助けとなっているだろう。

しかし、それだけでは解決できない問題がある。

それが、精神的な痛みや孤独感、「なぜ自分だけが」と感じる不条理な思いだ。

これらの心の痛みは、技術的にはなかなか解決できない領域だ。

たとえば、血糖管理の負担が軽くなったとしても、「糖尿病患者」という社会的なレッテルや偏見は消えない。

また、目に見えない不安や葛藤もなくなるわけではない。


香川県で出会った2歳の男の子のお母さんは、息子のインスリン注射の手際に慣れているように見えた。

けれども、毎日その状況に向き合うなかで、自分の時間をすべて犠牲にしている感覚や、息子を守りきれるかというプレッシャーからは解放されていなかった。

一方、姫路で会った小学生の息子を持つお母さんは、日常の積み重なる不安と葛藤から、結果的に息子から「わかってくれない」と突き放されてしまう痛みを抱えていた。

医療が進歩するほど、肉体的な負担に対する対応は、着実に改善されていくだろう。

それでも、精神的な痛みは、寄り添う人や共感してくれる人がいない限り、心の奥底でくすぶり続ける。

糖尿病治療に携わる医療従事者のなかには、こうした患者やその家族の心の痛みにも向き合おうとしている人がいる。

「患者にもっと笑顔でいてほしい」

「病気を抱えながらでも充実した人生を送れるようにしたい」

という思いで、日々の診療や研究に打ち込んでいるのだ。

彼らは、患者の話をただ聞くだけでなく、その裏にある不安や葛藤をくみ取り、少しでも力になれるよう、その人生をかけて糖尿病患者の明るい未来のために尽力しているのである。

そうした医療従事者の存在や糖尿病界隈の深い歴史を知ることができたのも、今回の日本一周の旅で全国各地の病院をまわり、たくさんの糖尿病専門医の先生にお会いしたからこそだと思っている。

ネットの知識を元にただSNS上で発信しているだけでは、もっと浅い表面上の問題にしか目を向けることはできなかっただろう。

そんな医療従事者の存在や思いを発信し、「糖尿病患者の未来は明るい」ということを全国の患者さんに届けるのも、日本一周した僕だからこそできることだと思う。

5　地方と都心の医療情報格差をなくすためには

今回の日本一周の旅で一番強く感じたのは、「医療情報格差」の問題だ。

地方と都心の違いは非常に顕著だった。

「発症して20年だけど、同じ病気の人にはじめて会いました」

「うちの県には患者会がなくて……」

そんな声を耳にするたび、情報が届きにくい地方の現状を痛感した。

一方で都心では、患者同士がつながれるコミュニティがあり、イベントも盛んに行われており、環境の違いが明らかだった。

また、地方は地方でも、糖尿病に熱心な先生がいる地域は、患者同士のつながりが盛んだが、全国各地どこでもそうなっているわけではない。

これは、都心だけでなく、実際に全国を自転車で周り、さまざまな人と交流したからこそ見えてきた側面だろう。

さらに、たとえ患者会が開催されていたとしても、情報発信が不十分で、求めている患者に情報が届いていない現状もあった。

「そんな便利な機能があったんですか？」

「これもできない、あれもできないって、いろいろ諦めてました…」

そういった情報格差の弊害は、患者が受けたい医療を受けられないといった医療格差にもつながっていた。

インターネット上には糖尿病に関する情報がたくさん存在している。

・情報ポータルサイト
・患者同士がつながるネットコミュニティ
・イベント情報
・クリニックや専門医の発信など

それにもかかわらず、「自分の地域ではそんなものない」と感じる患者さんが多いのはなぜなのか。

原因は、発信がターゲットに届いていないからだろう。

クリニックのブログやFacebookのイベントページ、Instagramなどで情報が発信されていても、フォロワー以外の人にリーチできていないケースが多い。

多くの患者さんが、どうやってその情報にたどり着けばいいのか、わからないでいる。それが情報格差を生む一因となっている。

僕自身、日本一周やSNSで糖尿病について発信してきたなかで、いろいろな反応をもらった。

そのなかには偏見や厳しい意見も少なくない。

「糖尿病なのにラーメン食べるの?」

「自己管理が甘いんじゃないの?」

そんな言葉に傷ついたこともある。

しかし、悪い側面だけではなかった。

普段糖尿病に関心のない人に情報が届いたからこそ、そういった偏見も目に見える形になったのだ。

そして、そこから理解が広がるきっかけも生まれた。

実際、日本一周中にテレビや新聞といったマスメディアに取り上げられたことで、これまで情報が届かなかった患者さんにも認知が広がり、交流会に参加してくれた人がたくさんいた。

YouTubeやTikTokでの「バズり」もそうだろう。

これを通じて、僕は改めて自分のできることを考えた。

「情報が届いていない患者さんとつながることで、地方の情報格差を少しでもうめることができるのではないか」

「糖尿病に縁のない人たちに、糖尿病を正しく知ってもらうきっかけを作れるんじゃないか」と。

糖尿病の発信を糖尿病患者がしても、届くのは糖尿病に興味のある人だけだ。

だから僕は、日本一周やエンタメを通じて、誰もが興味を持てる形で認知を広げることに目を向けた。

そうして、次に僕がたどり着いたのがマラソンだった。

誰もが参加できるマラソンを走りながらＳＮＳで発信し、全国の患者さんが交流できる場を継続的に作りたいと思った。

今思えば、僕がつらいときに元気づけられたのは、言葉だけのアドバイスではなく、行動で示してくれた人たちだった。

「病気になっても大丈夫」と口で言うだけではなく、行動で示したい。

挑戦し続ける姿を見せることで、患者さんに勇気を与えたい。

そのためのフルマラソン挑戦。

ウルトラマラソンへの挑戦。

そしてトライアスロンへの挑戦だ。

6　そして、次なる挑戦はマラソン

「マラソンだけは、もう一生走らない」

高校3年生の夏、体育の授業で走ったマラソンを後に、友達と固く誓った。

その友達との誓いを破る形になってしまうが、今の僕は2度目の人生だ。友達も許してくれるだろう。

正直、フルマラソンを走る日が来るとは思いもしなかった。

いや、自転車日本一周のときも同じことを思っていた気がする。

今回はただ走るだけではなく、全国各地のマラソン大会に出場し、その地域で患者交流会を開くことも目的の1つとしている。

要は、全国各地をまわった自転車が、今度はマラソンに変わるのだ。

2024年　3月20日
新潟ハーフマラソン　完走

人生ではじめて出場したマラソン大会は、地元新潟のハーフマラソンだった。
いきなりフルマラソンは難しいと思い、ハーフマラソンに出場したのだが、普段走る習慣がない人にとっては、ハーフマラソンでも血反吐を吐くようなキツさだった。
横なぐりの雨にも負けずに完走した直後は、日本一周とはまた違った達成感があった。

2024年　8月25日
北海道マラソン　完走

人生はじめてのフルマラソンは真夏だった。

北海道といっても、8月は下旬でも25度を超える。

体調不良で大会前にあまり練習ができず、前日も不安と夜間低血糖で1時間しか寝られなかったため、

「出場はしよう。でも途中でリタイアするだろうな」

と、正直絶対完走できないと思っていた。

当日いざスタートしてみると、10kmまでは快調に走れたのだが、やはり42・195kmはそんなに甘くなかった。

20kmで足が動かなくなり、30kmでは歩くのもつらい状況に陥った。

「ゴールまでまだ12km以上もあるし、30kmで限界だ」

何度もやめようと思うが、沿道での応援や、同じ病気の方からの声援を受けると、「もう少しだけ頑張れるはずだ」と足を騙し騙し動かし、なんとか完走することができた。

日本一周のときより感動したかもしれない。

２０２４年10月13日
新潟シティマラソン　完走

人生で２回目のフルマラソン。

序盤のオーバーペースや、頻発する低血糖でかなり悔しいタイムとなった。

30㎞地点で足がつり、そこからは走っては歩きの繰り返し。

一度北海道マラソンを完走して、気が抜けていたのかもしれないが、なんとか気合で完走した。

２０２４年　10月20日
東京レガシーハーフマラソン　完走

２週連続のマラソン大会ということで、先週の新潟シティマラソンでのダメージに不安が残るが、応援に駆けつけてくれた患者さんたちの応援のおかげで、なんとか無事完走。

ただし、膝にかなりのダメージが蓄積されたのか、ゴールした途端に一歩も歩けなくなってしまった。練習不足もあるのだろう。

その後の患者交流会も、患者さんの肩を借りながら向かうという、なんとも情けない状況に。

でも、これもリアルだ。

その後の大会スケジュール

２０２５年
２月23日　姫路城マラソン
２月24日　大阪マラソン
３月２日　東京マラソン
４月　チャレンジ富士五湖１００キロマラソン
最後には１００キロウルトラマラソンに挑戦する。

「自転車で日本一周したら、フルマラソンは全然走れるんじゃないですか?」

とたまに言われたりもするが、とんでもない。

自分のタイミングで休憩できる自転車旅と違って、フルマラソンは制限時間もあれば、膝への負担も大きいので、かなり大変だ。


マラソンも自転車も、この病気にならなかったら、やろうとは考えもしなかっただろう。

しかし、実際に行動に移した結果、僕が得たのはいいことだけだった。

いろいろな人に会えて、感謝することが増えて、いろいろな場所に行けて、自分のなかで世界が広がった。

病気になるまでの25年間は、目先のことが気になり、器用に立ちまわって、他の人より前に出たいとばかり思っていた。

元々の器用貧乏で継続力のない性格が相まって、人生の軸というものがなかったんだと思う。

今は、逆にこの不治の病が軸となり、自分のやりたいことや自分の人生について、人と比べずに考えられるようになった。


依頼を受けて、講演やセミナーで話すこともある。

それもまた意義あることだが、「1型糖尿病」をより多くの人に正しく知ってもらう課題から考えると、「伝えたい情報を、伝えたい人に届けるにはどうするか?」という、本質的な部分を先に考える必要があると思っている。

「エンタメには多くの人に知ってもらえる機会を増やす力がある」というのが、自転車で走って感じたことだ。


マラソンを走りながら全国をまわっている人がいる。

その人は1型糖尿病患者。

これが、僕のリアルな次の挑戦だ。

おわりに

「どうして自分が？」

最初に病気を告げられた日のことは、今でも鮮明に覚えています。

振り返れば、25歳で1型糖尿病を発症してからは、僕の人生を一変させる日々の連続でした。

絶望と孤独のなかで、生き方そのものを見つめ直さなければならなくなった日々。

そこから始まったSNSでの発信と、数えきれない出会い。

自転車日本一周旅や、フルマラソンへの挑戦を通して経験したこと。

それらすべてが、今の僕を作ってくれました。

そんな日々を振り返り、こうして文章にする作業は、まるでもう一度日本一周旅をしているような感覚でした。

決して平坦な道ではなく、むしろ険しい山道の連続だったなと思うと同時に、本当に多くの人々に支えられてきたことを改めて実感しています。


そもそも、なぜ本書を出版するに至ったのか。

きっかけは、日本一周中のある夏の日でした。

愛知県岡崎市を自転車で走っている最中、Instagramを通じて出版社の方からこんなメッセージが届きました。


「本を出しませんか?」


その瞬間は、信じられない気持ちでいっぱいでした。

「自分なんかに出版の依頼なんて来るかな?」

「そもそも、自分に本なんて書けるのか?」

そう疑問すら抱いていました。

案の定、実際に執筆を始めると、その大変さに絶句。

何を書けばいいのかまったくわからず、パソコンの前に座っても一文字も進まない日々が続きました。


それでもこうして一冊の本を完成させることができたのは、ひとえに出版社の編集の方々の根気強いサポートのおかげです。

いつまでたっても、全く原稿をあげない僕に対して、離れず真摯に向き合い続けてくださいました。

「本当に出版社の方なのだろうか？」

なんて最初は疑ってしまい、申し訳ございませんでした。


また、この旅と発信活動を通じて多くの方々に支えられたことは、発症して間もない僕にとって何よりの励みでした。

ＳＮＳやYouTubeで応援してくださった視聴者やフォロワーの皆さん。

日本一周中に泊めていただいた方。

食事をご馳走してくださった患者さんとそのご家族。

自転車で日本一周したいと言ったとき、頭ごなしに否定せず、話を聞いてくれ、全国の病院に紹介状を書いてくださった新潟の主治医の先生。

旅の途中での通院を快く受け入れてくださった、全国の医療従事者の皆さん。

スポンサー企業の方々。

クラウドファンディングで支援してくださった皆さん。

そしてこの本を形にしてくださった出版社の方々。


僕一人では、何ひとつ成し遂げられませんでした。

多くの人が応援してくれたからこそ、日本一周もマラソンへの挑戦も、この本の出版も実現できました。

この場を借りて、心からお礼を言わせてください。
本当にありがとうございました。

僕の挑戦はこれからも続きます。

一人でも多くの方に、糖尿病という病気を知っていただき、そのなかで生きる僕たちの姿を感じてもらいたい。
そして、糖尿病患者がより暮らしやすい社会をつくるために、自分にできることを模索しながら、新しい目標に向かって進んでいきます。

病気と向き合うのに近道はないと思います。
それでも、同じ道を歩く仲間の存在が、時間とともに心を軽くしてくれることを、身を持って実感しました。

もちろん、僕も完璧に病気を受け入れられているわけではありません。
というか、そんな日なんて来ないかも知れません。

今現在も、挑戦を続けながら、もがき、悩む日々が続いているのが正直なところです。

それでも僕が発信を続けるのは、苦しいなかでも少しでも前に進もうとする姿が、誰かの支えになれると信じているからです。

マラソンへの挑戦も、ＳＮＳで発信し続ける理由も、そこにあります。

僕がつらいときに、口だけではなく、行動で見せてくれた人たちのように、
「きっといつか乗り越えられる」
と誰かに感じてもらえたら、それがこの本を書いた意味になると思います。

最後に、この本を手に取ってくれたあなたに感謝を伝えたいです。

もし、あなたがこの本を通して何かを感じてくれたなら、
それだけで僕は幸せです。

ぜひ、また未来のどこかでお会いしましょう。

そのときにはまた新しい話をお届けできるよう、
僕も今を大切に生きていきます。

2025年1月

本間 太希

著者略歴

本間 太希（ほんま たいき）

1996 年、新潟県新潟市生まれ。
2022 年に突然の過呼吸で倒れ、原因不明の「1 型糖尿病」と診断される。
以来、生涯にわたりインスリン注射を打ち続けなければ、生きていけない体になる。
一度は治らない病気での注射生活でうつになり、仕事を辞めるが、現在は病気を前向きに捉え、患者自身の日常や挑戦を YouTube や SNS で発信している。

HP　　instagram　　YouTube

泣いて、走って、向き合って。

2025年2月4日　初版 第1刷　発行
著　者　　本間 太希
デザイン　PINE 小松 利光
発行者　　小松初美・森井二美子
発行所　　株式会社 スール
東京都世田谷区玉川田園調布 2-12-7-103（〒158-0085）
TEL 03-5755-5474（代表）FAX 03-5755-5484
https://les-soeurs.jp/
印　刷　　中央精版印刷株式会社

ISBN978-4-911266-02-1 C0095
定価はカバーに表示してあります。
落丁本・乱丁本の場合はお取り替えいたします。